En la calle del Alquimista

Franz Kafka

En la calle del Alquimista

En la calle del Alquimista
FRANZ KAFKA

Alcalá de Guadaira, 26 - 08020 Barcelona

Director de colección: José Díaz
Traducción: Rodolfo Häsler
Correción: Aloe Azid
Diseño de cubierta: Tamara Peña
Maquetación: Ana Uribe

ISBN: 84-96473-33-3
D.L.: B-27987-2006

Papel de cubierta:
Crescendo 260 g, de Coydis
Papel de interior:
Arcoprint Edizioni 85 g, de Fedrigoni

Impreso en Gràfiquesapr,
Montcada i Reixac, España

www.thuleediciones.com

Contemplación

Niños en el camino vecinal

Oía pasar los carros a lo largo de la valla del jardín, por momentos también los veía a través de los resquicios del follaje que se agitaba suavemente. ¡Cómo crujía la madera de sus radios y fustas aquel cálido verano! Eran labradores que volvían del campo y reían con desvergüenza.

Sentado en nuestro pequeño columpio, reposaba entre los árboles, en el jardín de mis padres.

Ante la valla no cesaba el trajín. Pasaron unos niños a la carrera; carretas de cereales con hombres y mujeres encima y alrededor de las gavillas oscurecían los arriates de flores; al atardecer vi a un señor paseando despacio con un bastón y unas muchachas que, agarradas del brazo, fueron a su encuentro, lo saludaron y se apartaron a un lado, sobre la hierba.

Entonces unos pájaros levantaron su vuelo como si se tratase de salpicaduras y los seguí con la mirada, los vi alzarse todos a una, hasta que dejé de pensar que eran ellos los que ascendían, sino yo el que caía, y aferrándome con fuerza a las cuerdas, empecé, por inercia, a mecerme un poco. Pronto me columpié con más fuerza, el aire soplaba más fresco y en lugar de pájaros volando aparecieron estrellas temblorosas.

A la luz de una vela me sirvieron la cena. A ratos apoyaba ambos brazos sobre el tablero de madera y ya cansado mordisqueaba mi pan con mantequilla y mermelada. Las caladas cortinas se hinchaban al cálido viento, y a veces alguien que pasaba por el exterior las agarraba con las manos si quería verme mejor y hablar conmigo. Por lo general la vela se consumía enseguida, y en el humo oscuro del pabilo seguía evolucionando un rato el enjambre de mosquitos. Si alguna persona me interrogaba desde la ventana yo me quedaba mirándola como si mirase a las montañas o al aire, y lo cierto es que tampoco se quedaba a esperar mi respuesta.

Pero si alguien se abalanzaba sobre el alféizar y me anunciaba que los demás ya estaban frente a la casa, entonces me incorporaba con un suspiro.

—¡Eh! ¿Por qué suspiras de ese modo? ¿Qué sucede? ¿Alguna desgracia irremediable? ¿Nunca podremos recuperarnos? ¿De verdad se ha perdido todo?

Nada se había perdido. Salimos de casa corriendo.

—¡Qué bien! ¡Por fin estáis aquí!

—Tú siempre llegas demasiado tarde.

—¿Que llego tarde?

—Pues sí, tú, quédate en casa si no quieres venir con nosotros.

—¿Cómo que nada de miramientos? ¿De qué estáis hablando?

Nos adentramos en la tarde de cabeza. Ya no hubo más día ni noche. Los botones de nuestros chalecos entrechocaban entre sí como dientes mientras corríamos a intervalos siempre iguales, con fuego en la boca, como animales de los trópicos. Cual coraceros de pasadas guerras, pisando fuerte y levantando mucho las piernas, bajamos la callejuela empujándonos unos a otros, y con el mismo impulso en las piernas subimos luego por el camino vecinal. Algunos se hundieron en la cuneta, y apenas desaparecidos bajo el sombrío talud volvieron a aparecer como extraños en medio del sendero, mirando por encima.

—¡Venga, bajad!

—¡Subid primero vosotros!

—¿Para que nos tiréis abajo? ¡Ni pensarlo! ¡Tan tontos no somos!

—¡Tan cobardes, querréis decir! ¡Vamos, subid!

—¿De veras? ¿Vosotros? ¿Nos queréis tirar abajo precisamente vosotros? ¡Eso habría que verlo!

Fuimos al asalto, recibimos golpes en el pecho y nos dejamos caer gustosos entre la hierba del talud, echándonos sobre ella. Todo estaba uniformemente templado, no sentíamos calor ni frío, sólo cansancio.

Al volverse sobre el costado derecho, con la mano bajo la oreja, a uno le entraban ganas de dormir, aunque enseguida quisiera incorporarse una vez más con la barbilla en alto, para caer, esta vez, en una cuneta más honda. Luego, con el brazo cruzado por el pecho y las piernas dobladas, uno deseaba lanzarse al aire y caer en otra cuneta más honda todavía y nunca más parar.

De qué manera nos estiraríamos, en especial las rodillas, para poder dormir cuando estuviésemos en la cuneta, era algo en lo que no pensábamos al echarnos de espaldas, como enfermos, listos para llorar. Parpadeábamos cuando alguno de los chicos, con los codos pegados a las caderas, saltaba sobre nosotros desde el talud al camino, con sus suelas oscuras.

Ya se veía la luna a cierta altura y su luz iluminaba un coche del correo. Por doquier se levantó una suave brisa que también se sentía en la cuneta, y muy cerca el bosque empezó a murmurar. Ya nadie tenía muchas ganas de quedarse solo.

—¿Dónde estáis?

—¡Venid!

—¡Todos juntos!

—Oye, ¿por qué te escondes? ¡Déjate de tonterías!

—¿No sabéis que el correo ya pasó?

—¿Qué dices? ¿Ya ha pasado?

—Claro que sí, pasó mientras dormías.

—¿Dormir yo? ¡Qué va!

—Calla, calla, que aún se te nota.

—¡Venga, hombre!

—¡Venid!

Salimos de allí todos juntos, algunos de la mano, no podíamos erguir demasiado la cabeza, pues íbamos cuesta abajo. Alguien lanzó un grito de guerra indio, un ansia de galopar se apoderó como nunca de nuestras piernas, y a cada salto el viento nos impulsaba las caderas. Nada habría podido detenernos, nuestro impulso era tan fuerte que al adelantar a alguien podíamos cruzar los brazos y mirar con tranquilidad en nuestro entorno.

Nos detuvimos sobre el puente del torrente; los que habían llegado más lejos regresaron. El agua, abajo, golpeaba contra las piedras y raíces, como si aún no fuera noche cerrada. No había motivo para que nadie dejara de saltar el pretil del puente.

Detrás de los arbustos, a lo lejos, surgió un tren; todos los compartimientos iban iluminados, y seguro que habían cerrado las ventanillas. Uno de nosotros entonó una tonada callejera, aunque todos queríamos cantar. Nuestro canto iba mucho más deprisa que el paso del tren, balanceábamos los brazos porque la voz no alcanzaba, las voces formaron un nudo en el que nos sentimos muy bien. Cuando uno mezcla su voz con otras, queda como prisionero de un anzuelo.

Así cantábamos, de espaldas al bosque, hacia los oídos de los ya lejanos viajeros. Los mayores permanecían despiertos en la aldea, las madres preparaban las camas para la noche.

Ya era la hora. Besé al que estaba a mi lado, a los tres más próximos sólo les di la mano y tomé el camino de regreso, nadie me llamó. En el primer cruce, donde ya no me podían ver, di media vuelta y siguiendo unos senderos me interné de nuevo en el bosque. Quería llegar a esa ciudad del sur de la que en nuestra aldea se decía:

—¡Vaya gente especial hay allí! ¡Es que nunca duermen!

—¿Y por qué no?

—Porque no se cansan nunca.

—¿Y por qué no?

—Porque son tontos.

—¿Y los tontos no se cansan nunca?

—¡Cómo van a cansarse los tontos!

Desenmascaramiento de un embaucador

Finalmente, a eso de las diez de la noche y en compañía de alguien a quien no hacía mucho que había conocido, pero que otra vez se me había arrimado y me había tenido dos horas deambulando por calles y plazas, llegué ante la mansión señorial donde me habían invitado a una velada social.

—¡Bueno! —dije, dando una palmada como señal de la inminente urgencia de despedirnos.

Ya había hecho con anterioridad algunos intentos menos decididos. Y ya me encontraba completamente cansado.

—¿Piensa subir ahora mismo? —me preguntó. En su boca oí un ruido como de dientes castañeteando.

—Sí.

Yo estaba invitado, y se lo dije en cuanto nos encontramos. Pero estaba invitado a subir a la casa —donde me gustaría ya estar desde hace rato—, no a quedarme allí abajo ante el portal, mirando más allá de las orejas de mi interlocutor; ni encima a enmudecer con él, como si hubiéramos decidido pasar una temporada en ese sitio. Compartieron al momento ese silencio todas las casas circundantes y la oscuridad que subía hasta las estrellas. Y los pasos de caminantes invisibles cuyos caminos a nadie le apetecía conocer, y el viento que se arremolina una y otra vez desde el otro lado de la calle, y un gramófono que cantaba a las ventanas cerradas desde alguna habitación: todos se hacían escuchar en medio de aquel silencio, como si les hubiera pertenecido desde siempre y para siempre.

Y mi acompañante se resignó a ello en su propio nombre, y después de una sonrisa, también en el mío; estiró hacia arriba el brazo derecho, muy arrimado a la pared y, cerrando los ojos, apoyó la cara en él.

Pero no llegué del todo a ver la sonrisa, pues le di la espalda con brusquedad de pura vergüenza. Aquella sonrisa me había permitido descubrir que se trataba de un embaucador, ni más ni menos. Yo llevaba ya varios meses en la ciudad y creía conocer bien a esos embaucadores que, de noche, nos salen al encuentro desde las calles laterales, como si fueran taberneros, ofreciéndonos la mano; que se deslizan hasta el poste de los anuncios junto al cual estamos, y por detrás, como jugando al escondite, nos espían al menos con un ojo; que en las esquinas, cuando nos invade el miedo, empiezan a balancearse de pronto ante nosotros, en el bordillo de nuestra propia acera. ¡Los comprendía tan bien! Habían sido mis primeros conocidos en las pequeñas tabernas, y les debía la primera mirada de una obstinación que ahora me cuesta mucho pasar por alto, pues yo mismo he empezado también a sentirla. ¡Cómo se quedaban ahí plantados frente a uno, aunque uno se hubiera liberado ya desde hacía rato de ellos, y por consiguiente, no hubiera, nadie a quien engañar! ¡Y no se sentaban ni se caían, sino que lo observaban a uno con miradas que, aunque lejanas, seguían siendo convincentes! Sus métodos eran siempre los mismos: se plantaban ante nosotros de la forma más ostensible posible, intentaban alejarnos del punto al que pretendíamos llegar, nos brindaban en compensación un espacio en su propio pecho, y cuando por fin todo el sentimiento acumulado se rebelaba, lo aceptaban como a un brazo ante el cual se arrojaban, con la cara por delante.

¡Y sólo después de estar un buen rato juntos conseguí por una vez percatarme de los viejos trucos! Me restregué con fuerza las yemas de los dedos para borrar la afrenta.

Pero mi hombre seguía apoyado ahí como antes, creyéndose un

embaucador, y la satisfacción ante su propio destino le enrojeció la otra mejilla.

—¡Desenmascarado! —dije dándole unas palmaditas en el hombro.

Luego subí a toda prisa las escaleras, y arriba, en el vestíbulo, las caras inexpresivas y fieles de los criados me alegraron como si fueran una sorpresa agradable. Los fui observando uno por uno mientras me quitaban el abrigo y me desempolvaban las botas. Luego emití un suspiro de alivio y, bien erguido, entre al salón.

El paseo repentino

Cuando, de noche, uno parece ya decidido a quedarse en casa, se ha puesto el batín y, acabada la cena, se sienta a la mesa bien iluminada para volcarse en algún trabajo o juego tras los cuales uno suele irse a dormir; cuando fuera hace un tiempo desapacible que evidencia la necesidad de permanecer en casa; cuando uno ya lleva tanto rato sentado a la mesa que irse provocaría la sorpresa de todos; cuando la escalera ya está a oscuras y el portal cerrado, y a pesar de todo uno se levanta acuciado por una desazón repentina, se cambia de chaqueta y aparece vestido con ropa de calle, comunica que va a salir y lo hace tras una rápida despedida, creyendo haber provocado más o menos indignación según la brusquedad con que cierre la puerta de la casa; cuando uno se encuentra así en la calle y nota que sus miembros responden con sorprendente soltura a la inesperada libertad que se les ha otorgado; cuando gracias a esa especial decisión uno siente condensada en su interior toda capacidad de tomar decisiones; cuando advierte con más convicción de la habitual que posee más el poder que la necesidad de suscitar y aceptar con facilidad los cambios más rápidos, y se lanza así a recorrer largas calles... entonces, por esa noche uno se habrá distanciado por completo de su familia, que se hunde en la nada mientras, firme y perfilado en negros contornos, golpeándose los muslos por detrás, uno se eleva hasta lograr su verdadera imagen.

Todo esto se refuerza aún más si a esa hora tardía se visita a algún amigo para ver cómo le va.

Resoluciones

Sobreponerse a un estado de aflicción no ha de ser fácil aunque se emplee la energía adecuada. Me incorporo de repente del sillón, doy vueltas alrededor de la mesa, muevo cabeza y cuello, llevo fuego a mis ojos, tenso los músculos en torno a ellos. Enfrentándome a cualquier sentimiento, saludo con efusividad a A cuando viene a verme, tolero cordialmente a B en mi habitación y me trago a grandes sorbos, pese al sufrimiento y al esfuerzo, todo cuanto se dice en casa de C.

Pero incluso actuando así, cualquier error —imposible de evitar, por lo demás— bastará para bloquearlo todo, lo fácil y lo difícil, y tendré que volver hacia atrás en círculo.

De ahí que el mejor consejo sea aceptarlo todo, comportarse como una masa pesada y, aunque nos sintamos como impelidos por el viento, no dejarse arrancar un solo paso innecesario, observar a los demás con mirada animal, no sentir el menor arrepentimiento; en pocas palabras: asfixiar con la propia mano al fantasma de vida que aún quede, es decir, intensificar la última paz sepulcral y no dejar subsistir nada aparte de ella.

Un gesto característico de semejante estado consiste en pasarte el dedo meñique por las cejas.

La excursión al monte

—No lo sé —exclamé casi sin voz—, no lo sé. Si no viene nadie es que no viene nadie. No le he hecho nada malo a nadie, nadie me ha hecho nada malo, pero nadie quiere ayudarme. Absolutamente nadie. Aunque tampoco es así. Sucede que no me ayuda nadie; al contrario, absolutamente nadie sería hermoso. Me encantaría (¿por qué no?) hacer una excursión con un grupo de absolutamente nadies. Por supuesto, al monte, ¿adónde si no? ¡Cómo se amontonan esos nadies, todos esos brazos ofrecidos de través y entrelazados, todos esos pies separados por pasos ínfimos! Se entiende que todos vayan de frac. Avanzamos a la buena de Dios, el viento pasa por los resquicios que dejamos nosotros y nuestras extremidades. ¡Las gargantas se liberan en el monte! Es un milagro que no cantemos.

La desgracia del soltero

Parece tan duro quedarse soltero y ya viejo, guardando a duras penas la dignidad, pedir acogida cuando se quiere pasar una velada con otras personas, estar enfermo, y desde el rincón de la propia cama, contemplar semana tras semana la habitación vacía, despedirse siempre ante el portal de la casa, no subir nunca la escalera con la esposa, tener en la habitación puertas laterales que dan a habitaciones ajenas, llevarse en una mano la cena a casa, tener que admirar hijos ajenos sin que a uno le permitan repetir una y otra vez: «Yo no tengo», construirse un aspecto y un comportamiento calcado de uno o dos solteros de nuestros recuerdos de juventud.

Y así será, sólo que, en realidad, de hoy en adelante será uno mismo quien esté ahí, con un cuerpo y una cabeza de verdad, y por tanto, una frente para golpeársela con la mano.

El tendero

Es posible que algunas personas me compadezcan, pero yo no me doy cuenta. Mi pequeño negocio sólo me da quebraderos de cabeza que me producen dolor en la frente y las sienes, sin ninguna esperanza de felicidad, pues mi negocio es pequeño.

He de tomar decisiones con horas de antelación, mantener despierta la memoria del dependiente, advertir sus tremendos errores y calcular en cada estación del año las modas de la siguiente, no las que se impondrán entre la gente de mi entorno, sino entre la inaccesible población rural.

Mi dinero lo tienen personas extrañas; su situación no acaba de resultarme clara; no presiento las desgracias que podrían sobrevenirles, ¡cómo poder conjurarlas! Quizá se hayan vuelto dispendiosos y den una fiesta en el jardín de alguna pensión, y otros hayan pasado un rato en esa fiesta antes de huir a América.

Cuando al anochecer de un día laborable cierro la tienda, y de pronto, veo ante mí esas horas en las que no voy a trabajar para las inacabables necesidades de mi negocio, cae sobre mí, como una marea que regresa, la excitación ya anunciada desde la mañana, pero no se asienta en mi interior, y me arrastra con ella sin rumbo fijo.

Y sin embargo no puedo sacar ningún provecho de ese impulso, sólo puedo volver a casa, porque tengo la cara y las manos sucias y sudadas, la ropa manchada y polvorienta, la gorra de trabajo aún en la cabeza y unas botas raspadas por las puntillas de las cajas. Avanzo entonces como sobre las olas, haciendo chasquear los dedos de las manos y pasándolas sobre el pelo de los niños que se cruzan en mi camino.

Pero el camino es demasiado corto. Enseguida llego a casa, abro la puerta del ascensor y entro.

Veo entonces, de buenas a primeras, que estoy solo. Otros, que tienen que subir escaleras, se cansan un poco y han de esperar, respirando a pleno pulmón, a que les abran la puerta del apartamento, lo que es motivo de irritación e impaciencia, luego entran en el vestíbulo, donde cuelgan el sombrero, y sólo cuando han atravesado el pasillo flanqueado de puertas vidrieras y llegan a su habitación, están de verdad solos.

Yo, en cambio, estoy ya solo en el ascensor, y apoyado en las rodillas, miro el angosto espejo. Cuando el ascensor comienza a subir, digo:

—Calmaos, retroceded, ¿acaso queréis ir a la sombra de los árboles, tras las cortinas de las ventanas, bajo la bóveda del ramaje?

Hablo entre dientes y los pasamanos de la escalera se deslizan junto a las vidrieras lechosas como agua de un torrente.

—Volad lejos; que vuestras alas, que nunca he visto, os lleven a la aldea del valle o a París, si ése es vuestro deseo.

»Pero disfrutad de la vista que ofrece la ventana cuando las procesiones confluyen desde las tres calles, no se esquivan unas a otras, se entremezclan y entre sus últimas filas dejan aparecer de nuevo la plaza vacía. Agitad los pañuelos, asustaos, conmoveos, elogiad a la hermosa dama que pasa en coche.

»Atravesad el arroyo por el puente de madera, haced señas a los niños que se están bañando y asombraos ante el hurra de los mil marineros del lejano acorazado.

»Perseguid sólo al hombre insignificante y cuando lo tengáis acorralado contra una puerta de cochera, robadle y, con las manos en los bolsillos, seguidlo con la mirada mientras enfila, triste, la calle de la izquierda.

»La policía, que monta relajadamente sus caballos, frena a las bestias y os hace retroceder. Dejadlos, las calles vacías harán que se sientan felices, lo sé. Ya se alejan, ¿lo veis?, cabalgando de dos en dos, tomando despacio las esquinas, volando sobre las plazas.

Luego he de salir del ascensor, mandarlo abajo, tocar el timbre, y la criada abre la puerta mientras saludo.

Mirando distraídamente afuera

¿Qué haremos durante estos días de primavera que llegan tan raudos? Esta mañana el cielo estaba gris, pero si ahora uno se acerca a la ventana, se sorprende, descansa la mejilla en el marco.

Abajo, la luz de un sol ya declinante cubre la cara de la chiquilla que va mirando a su alrededor, y a la vez, tapándola, se ve la sombra de un hombre que avanza más deprisa tras ella.

Después, el hombre ya ha pasado y la cara de la niña está toda inmersa en la luz.

El camino a casa

¡Hay que ver el poder de persuasión del aire después de una tormenta! Mis méritos se me evidencian y me avasallan, si bien nunca les ofrezco resistencia.

Echo a caminar a paso firme y mi ritmo es el ritmo que se lleva en este lado de la calle, en esta calle, en este barrio. Soy, y con razón, responsable de todos los golpes contra las puertas y sobre los tableros de las mesas, de todos los brindis, de las parejas de enamorados en sus camas, en los andamios de las nuevas construcciones, arrimados en las calles oscuras a las paredes de las casas, en las otomanas de los burdeles.

Analizo mi pasado y mi futuro, y ambos me parecen excelentes, no puedo dar preferencia a ninguno de los dos, y sólo debo censurar la justicia de la providencia, que tanto me ha beneficiado.

Sólo cuando entro en mi habitación me pongo un tanto pensativo, más aún si al subir la escalera no encontrara nada digno de reflexión. No me sirve de mucho abrir de par en par la ventana y que aún suene una música en algún jardín.

Los transeúntes

Si de noche salimos a pasear por una calle y un hombre visible desde lejos —pues la calle es empinada y hay luna llena— nos sale al encuentro, no lo detendremos aunque alguien corra gritando detrás de él, más bien lo dejaremos seguir su camino.

Porque es de noche y no es culpa nuestra que la calle sea empinada bajo la luna llena y, además, quién sabe si esos dos no han organizado esa persecución para entretenerse, quizá los dos persigan a un tercero, quizá el primero sea perseguido pese a ser inocente, quizá el segundo quiera asesinarlo y nosotros seríamos cómplices del crimen, quizá ninguno de los dos no sepa nada el uno del otro y cada cual se dirija, por voluntad propia, a su cama, quizá sean sonámbulos, quizá el primero lleve armas.

Y, por último, ¿no tenemos derecho a estar cansados? ¿No hemos bebido tanto vino? Nos alegramos de haber perdido de vista también al segundo.

El pasajero

Estoy en la plataforma de un tranvía y me siento por completo inseguro con respecto a la posición que ocupo en este mundo, en esta ciudad, en el seno de mi familia. Sería incapaz de decir, ni siquiera de forma vaga, qué reivindicaciones tendría derecho a invocar en un sentido u otro. No puedo justificar el hecho de estar en esta plataforma asido a esta barra, de dejarme llevar por este tranvía, de que la gente lo esquive, o camine tranquilamente, o se detenga frente a los escaparates. Cierto es que nadie me lo exige, pero eso no importa.

El tranvía se acerca a una parada; una muchacha se sitúa junto a la escalerilla, dispuesta a bajar. Se me muestra tan nítida como si la hubiera palpado. Va vestida de negro, los pliegues de su falda apenas se mueven, la blusa es ceñida y lleva un cuello de encaje blanco y punto pequeño; apoya la mano izquierda en la pared del tranvía, en su derecha un paraguas descansa sobre el segundo peldaño contando desde arriba. Su cara es morena, la nariz levemente achatada a los lados es ancha y redonda en la punta. Tiene el pelo castaño, abundante, y en su sien derecha se agitan unos cuantos pelillos. Su orejita está muy pegada a la cabeza, pero como estoy cerca, veo toda la parte posterior del pabellón derecho y la sombra de la raíz.

Y entonces me pregunto: ¿cómo es que no se asombra de sí misma, y mantiene la boca cerrada sin decir nada en ese sentido?

Vestidos

A menudo, cuando veo vestidos con múltiples pliegues, volantes y grecas que ciñen hermosamente cuerpos bellos, pienso que no se mantendrán así mucho tiempo, y que les saldrán arrugas imposibles de planchar y que se cubrirán de polvo, espeso en los adornos, y no habrá modo de quitarlo, y que nadie querrá dar una impresión tan triste y ridícula poniéndose cada mañana el mismo lujoso vestido y quitándoselo por la noche.

Y, no obstante, veo muchachas que sin duda son bonitas y muestran atractivos músculos y huesecillos, y una piel tersa y mechas de finos cabellos, y sin embargo se presentan cada día con una especie de disfraz natural, apoyan siempre el mismo rostro en la misma palma de la mano y dejan que su espejo lo refleje.

Sólo a veces, ya de noche, cuando vuelven tarde de alguna fiesta, lo ven en el espejo, gastado, abultado, cubierto de polvo, visto ya por todos y apenas llevadero.

El rechazo

Cuando me encuentro con una linda muchacha y le pido:

—Sé buena y vente conmigo.

Y ella pasa a mi lado en silencio, ha querido decirme:

—No eres ningún duque de apellido sonoro, ningún fornido americano de porte de indio, con ojos que reposan horizontalmente, con una piel curtida por el aire de las praderas y los ríos que las atraviesan; no has viajado a los grandes lagos, no has surcado esos lagos, que se encuentran no sé dónde. ¿Por qué una chica hermosa como yo habría de irse contigo?

—Olvidas que ningún automóvil te lleva dando grandes bandazos por la calle; no veo a los caballeros de tu séquito que, embutidos en sus ropajes y murmurando bendiciones en tu honor, avanzan detrás de ti en un perfecto semicírculo; tus pechos están bien distribuidos en el corpiño, pero tus muslos y caderas se desquitan de esa continencia; llevas un vestido de tafetán plisado, como esos que nos alegraban a todos el pasado otoño, y no obstante, sonríes (con ese peligro mortal en el cuerpo) de vez en cuando.

—Sí, ambos tenemos razón, y para no ser conscientes de ello, será mejor (¿no te parece?) que nos vayamos cada uno a su casa.

Reflexión para jinetes

Si se piensa, nada puede animar a querer ser el primero en una carrera.

La gloria de ser reconocido como el mejor jinete del país proporciona, cuando la orquesta empieza a tocar, demasiada alegría como para impedir cierto arrepentimiento a la mañana siguiente.

La envidia de los rivales, gente astuta y bastante influyente, nos duele cuando cabalgamos por el estrecho corredor hacia aquella planicie que pronto aparece vacía ante nosotros, exceptuando algunos jinetes rezagados que galopan, minúsculos, por la línea del horizonte.

Muchos de nuestros amigos se apresuran a cobrar sus ganancias, y sólo por encima del hombro nos gritan un ¡hurra! desde las lejanas ventanillas; los mejores amigos, sin embargo, no han apostado por nuestro caballo, pues temían enfadarse con nosotros si perdíamos; pero como resulta que nuestro caballo ha quedado primero y ellos no han ganado nada, nos vuelven la espalda cuando pasamos por delante y prefieren recorrer las graderías con la mirada.

Detrás, los competidores, firmes en su silla, intentan ignorar la desgracia que los ha golpeado y la injusticia que, de alguna manera, se ha cometido con ellos; adoptan un aire desenvuelto, como si debiera iniciarse una nueva carrera, seria esta vez, después de aquel juego de niños.

A muchas damas les parece ridículo el vencedor porque se pavonea, y sin embargo éste no sabe cómo enfrentarse a los interminables apretones de manos, saludos militares, reverencias y ademanes que le hacen desde lejos, mientras los vencidos no abren la boca y dan palmaditas en los cuellos de sus caballos, muchos de los cuales relinchan.

Y desde un cielo ya encapotado empieza finalmente a llover.

La ventana exterior

Quien vive aislado, y no obstante, quisiera relacionarse de vez en cuando en algún lugar; quien teniendo en cuenta los momentos del día, del clima, de las relaciones profesionales y otras cosas similares quiera ver, de todas formas, un brazo cualquiera al que poder aferrarse, no podrá vivir mucho tiempo sin una ventana al exterior. E incluso si no buscara nada y sólo se acercara al antepecho como un hombre cansado que pasea su mirada entre el público y el cielo, y no quisiera mirar y echara hacia atrás la cabeza, los caballos, abajo, lo arrastrarían con su cortejo de carruajes y de ruido hasta acabar sumiéndolo en la rueda humana.

El deseo de convertirse en indio

Si uno fuera ciertamente un indio, siempre alerta, y galopara sobre el caballo cortando el aire, trepidando sin cesar contra el vibrante suelo, hasta gastar las espuelas, pues sobran espuelas, hasta deshacerse de las riendas, pues sobran riendas, y delante apenas viera el terreno como un raso páramo, sobrarían el cuello y la cabeza del caballo.

Los árboles

Somos pues como troncos de árboles en la nieve. En apariencia yacen apoyados en la superficie, y bastaría un leve empujón para poder apartarlos. No, no se puede, pues están sujetos firmemente al suelo. Aunque cuidado, también esto es sólo aparente.

Desdicha

Cuando aquello ya se había vuelto intolerable —era un atardecer de noviembre— yo ya daba vueltas sobre la estrecha alfombra de mi habitación como por una pista de carreras, asustado por cómo lucía la calle iluminada, y giraba otra vez, y volvía a encontrar una nueva meta en el fondo del espejo, en las profundidades de la habitación y gritaba para oír sólo el grito que no tiene respuesta y al que nada es capaz de restarle fuerza, que asciende sin contrapeso y no puede detenerse aunque enmudezca, en ese momento se abrió la puerta en la pared, con ímpetu, pues el ímpetu era necesario, y hasta los caballos enganchados al carruaje se encabritaron abajo, sobre el adoquinado, como caballos enloquecidos en una batalla con las gargantas abiertas.

Como un pequeño fantasma apareció una niña en el pasillo a oscuras, donde todavía no brillaba la lámpara, y se quedó de puntillas sobre un tablón del entarimado que oscilaba imperceptiblemente. Ofuscada por la luz crepuscular de la habitación, quiso cubrirse la cara con las manos, pero de repente se tranquilizó al mirar hacia la ventana, en cuyo alféizar se amasaba por fin, en la oscuridad, el vapor procedente de la iluminación de la calle. Con el codo derecho apoyado en la pared de la habitación, se mantuvo erguida ante la puerta abierta y dejó que la corriente de aire que llegaba desde fuera le acariciase los tobillos, así como el cuello y las sienes.

Yo le eché una mirada, dije «Buenos días» y tomé mi batín de la campana de la estufa, pues no quería permanecer medio desnudo. Me quedé un momento boquiabierto para que la excitación se me escapase por la boca. Mi saliva sabía mal, las pestañas me temblaban; lo único que me faltaba era aquella visita.

La niña seguía junto a la pared en el mismo sitio, con la mano derecha en el muro y las mejillas totalmente rojas, y no se cansaba de palpar la pared blanqueada, que tenía un grueso granulado contra el que frotaba las yemas de los dedos. Le dije:

—¿Es cierto que me viene a ver a mí? ¿No será un error? Nada más fácil que un error en esta caseta. Me llamo fulano de tal y vivo en la tercera planta. ¿Soy realmente la persona que quiere visitar?

—¡Calma, calma! —dijo la niña por encima del hombro— todo está en orden.

—Pues entonces acabe de entrar en la habitación; quisiera cerrar la puerta.

—La acabo de cerrar yo misma. No se moleste. Mejor tranquilícese.

—No es ninguna molestia. Pero en esta planta vive un montón de gente y todos son, claro está, conocidos míos; la mayoría vuelve a esta hora del trabajo; si oyen hablar en una de las habitaciones, se creen con derecho a abrir la puerta y mirar qué pasa. Siempre es así. Todos tienen una jornada de trabajo a sus espaldas; ¿a quién obedecerían durante su provisional libertad nocturna? Por lo demás, usted también lo sabe. Déjeme cerrar la puerta.

—Pero ¿qué pasa? ¿Qué le ocurre? Por mí ya puede entrar toda la casa. Y le repito una vez más que ya he cerrado la puerta. ¿Acaso cree que sólo usted puede hacerlo? Si hasta la he cerrado con llave.

—Pues muy bien. No pido más. No tenía por qué cerrar con llave. Y ahora póngase cómoda, ya que se encuentra aquí. Es usted mi invitada. Confíe en mí plenamente. Instálese a sus anchas, no tenga miedo. No le obligaré a quedarse ni a marcharse. ¿Hace falta decírselo? ¿Tan mal me conoce?

—No. No hacía falta que me lo dijera. Es más, no debió habérmelo dicho. Soy una niña, ¿a qué viene tanto protocolo conmigo?

—Tampoco es tan grave. Una niña, sí, claro. Pero ya no tan pequeña. Más bien bastante crecidita. Si fuera usted una muchacha no podría usted encerrarse en una habitación conmigo como si nada.

—No debemos preocuparnos por eso. Sólo quería decir que el hecho de conocerlo tan bien no me protege mucho, no hace sino eximirlo del esfuerzo de contarme historias inventadas. Pero así y todo me hace usted cumplidos. Déjelo estar, se lo ruego, déjelo estar. Además, resulta que tampoco lo reconozco siempre en todas partes, y menos aún con esta oscuridad. Sería mejor que prendiera la luz. No, más vale que no. De todas formas recordaré que ya me ha amenazado.

—¿Cómo? ¿Que yo la he amenazado? ¡Será posible! ¡Con lo contento que estoy de que por fin esté aquí! Y digo «por fin» porque ya es tardísimo. No consigo explicarme por qué vino tan tarde. Es posible que en mi alegría me haya expresado confusamente y que usted me haya entendido mal. Admito una y mil veces haber hablado así, e incluso haberla amenazado con todo lo que usted quiera. Pero nada de pleitos, por caridad. ¿Cómo ha podido usted creerlo? ¿Cómo ha podido ofenderme así? ¿Por qué quiere estropearme a toda costa este breve momento que está pasando aquí? Un extraño sería más tolerante que usted.

—Ya lo creo, y no dice usted nada nuevo. Yo soy ya, por naturaleza, tan tolerante con usted como podría serlo un extraño. Y usted también lo sabe. ¿A qué viene, pues, esta melancolía? Diga más bien que quiere interpretar una comedia, y me iré ahora mismo.

—¡Vaya! ¿Así que también se atreve a decirme esto? Es usted un poco atrevida. Le recuerdo que está en mi habitación. No deja de frotarse los dedos contra mi pared como una loca. ¡Mi habitación, mi pared! Y además, lo que dice es ridículo, no sólo insolente. Dice usted que su forma de ser la obliga a hablar conmigo de este modo. ¿De veras? ¿Su forma de ser la obliga? Muy amable por parte de su forma de ser. Su forma de ser es la mía, y si yo me comporto amablemente con usted por la forma de ser, usted ha de hacer otro tanto.

—¿Y esto le parece amable?

—Hablo de antes.

—No sé nada.

Y me dirigí hacia la mesita de noche y encendí la vela. Por esa época no tenía gas ni luz eléctrica en mi habitación. Me quedé un rato más sentado a la mesa hasta que eso también me cansó, me puse el abrigo, tomé el sombrero del canapé y apagué la vela. Al salir tropecé con la pata de un sillón.

En la escalera me crucé con un inquilino de la misma planta.

—¿Ya se va usted otra vez, tunante? —me preguntó, con las piernas abiertas y apoyadas sobre dos peldaños diferentes.

—¿Qué quiere que haga? —le dije—. Acabo de encontrarme a un fantasma en mi habitación.

—Lo dice con el mismo fastidio de quien se encuentra un pelo en la sopa.

—Usted bromea. Pero piense que un fantasma es un fantasma.

—Muy cierto. Pero ¿qué pasa si uno no cree en fantasmas?

—¿Y piensa usted que yo creo en fantasmas? Aunque, ¿de qué me serviría no creer?

—Muy sencillo. Ya no tendría que sentir miedo cuando algún fantasma vaya de verdad a visitarlo.

—Sí, pero ése es el miedo secundario. El miedo verdadero es el miedo al motivo de la aparición. Y ese miedo permanece. Aún lo siento con fuerza en mi interior.

Y de puro nerviosismo empecé a hurgar en todos mis bolsillos.

—Pero ya que no sintió miedo ante la aparición misma, habría podido preguntarle tranquilamente por su origen.

—Es evidente que usted no ha hablado nunca con fantasmas. Jamás se les puede sacar una información clara. Es un tira y afloja. Esos fantasmas parecen dudar más de su propia existencia que nosotros, lo que no es de extrañar teniendo en cuenta su fragilidad.

—Pero he oído decir que se les puede alimentar.

—Está bien informado. Se puede. Pero ¿quién lo haría?

—¿Por qué no? Si es un fantasma femenino, por ejemplo —dijo, subiendo al peldaño superior.

—Ah, ya —dije yo—, pero ni con ésas valdría la pena.

Me quedé pensando. Mi conocido estaba ya tan arriba que, para verme, tuvo que inclinarse bajo un arco de la caja de la escalera.

—No obstante —grité—, si usted me roba mi fantasma y se lo lleva arriba, todo habrá terminado entre nosotros para siempre.

—Pero si era sólo una broma —dijo retirando la cabeza.

—En ese caso, de acuerdo —dije, y hubiera podido ir a pasear tranquilamente. Pero como me sentía tan abandonado, preferí subir y echarme a dormir.

Un médico rural

El nuevo abogado

Tenemos nuevo abogado, el doctor Bucéfalo. Por su aspecto recuerda los tiempos en que aún era el caballo de Alejandro de Macedonia. De todas formas, el que esté familiarizado con las circunstancias se percatará de algo. Hace poco vi en la escalinata a un ujier que, con la mirada experta del pequeño cliente habitual de las carreras de caballos, observaba con admiración al abogado cuando éste, levantando muy alto los muslos, subía escalón a escalón haciendo resonar el mármol a su paso.

En líneas generales el colegio de abogados aprueba la admisión de Bucéfalo. Con asombrosa perspicacia dicen que, dada la estratificación actual de la sociedad, Bucéfalo se halla en una situación complicada, y por ello, así como por su importancia en la historia universal, merece, de todos modos, ser bien acogido. Hoy en día —esto nadie puede negarlo— no hay ningún Alejandro Magno. Más de uno sabe asesinar, es cierto; tampoco falta la habilidad para alcanzar al amigo con la lanza por encima de la mesa del festín, y para muchos Macedonia es demasiado angosta, de modo que maldicen a Filipo, el padre; pero nadie, eso sí, nadie puede comandar un ejército hasta la India. Ya entonces las puertas de la India eran inaccesibles, pero la espada del rey indicaba la dirección adecuada. Hoy las puertas han sido trasladadas a un lugar totalmente distinto, más alejado y más elevado; nadie señala la dirección a seguir; muchos portan espadas, pero sólo para blandirlas, y la mirada que pretende seguirlas se extravía.

Por eso quizá sea lo mejor, en definitiva, como ha hecho Bucéfalo, enfrascarse en los códigos. Libre, sin que los muslos del jinete opriman sus ijares, a la tranquila luz de una lámpara, lejos del fragor de la batalla de Alejandro, lee y pasa las páginas de nuestros viejos volúmenes.

Un médico rural

Me encontraba en un gran aprieto: tenía que hacer un viaje urgente; un enfermo grave me esperaba en una aldea a diez millas de distancia; una gran tempestad de nieve ocupaba el amplio espacio que había entre él y yo; disponía de un coche ligero de grandes ruedas, exactamente el idóneo para nuestros caminos; enfundado en mi abrigo de piel, con el maletín del instrumental en la mano, me hallaba listo ya para salir, en el patio. Pero el caballo faltaba, el caballo. El mío había muerto la noche anterior debido al esfuerzo excesivo realizado durante aquel gélido invierno; mi criada recorría en este momento la aldea para conseguir un caballo prestado; pero no había esperanzas, yo lo sabía, y cada vez más agobiado por la nieve, cada vez más inmovilizado, aguardaba allí en vano. En el portón apareció la muchacha, sola, y agitó la linterna; claro está, ¿quién iba a prestar su caballo a esa hora para semejante viaje? Volví a atravesar el patio; no veía salida alguna; distraído, atormentado, golpeé con el pie la desvencijada puerta de la pocilga, que no se usaba desde hacía años. Se abrió y desmontó girando en sus goznes. Se escapó un vaho caliente y cierto olor a caballo. Una tenue linterna de establo oscilaba dentro, colgada de una cuerda. Un hombre acurrucado en el pequeño cobertizo mostró su rostro despejado, de ojos azules.

—¿Quiere que enganche los caballos? —preguntó saliendo a gatas.

Yo no supe qué decir y me incliné para ver qué más había en el establo. La criada estaba de pie a mi lado.

—Uno nunca sabe qué cosas hay en su propia casa —dijo, y los dos nos reímos.

—¡Hola, hermano; hola, hermana! —dijo el mozo de cuadra, y dos caballos, dos poderosos animales de potentes ancas, agachando como camellos las bien formadas cabezas, con las patas muy pegadas al cuerpo, salieron uno detrás del otro impulsados por la fuerza de las ondulaciones de su tronco a través del vano de la puerta, que llenaron por completo. Y al acto se irguieron sobre sus largas patas, exhalando un denso vapor de sus cuerpos.

—Ayúdalo —dije, y la dócil muchacha se apresuró a alcanzar al mozo el atelaje del coche.

Pero en cuanto llega a su lado, el mozo la abraza y pega su cara a la de ella. La joven lanza un grito y busca refugio a mi lado; en la mejilla tiene dos hileras de dientes marcados en rojo.

—¡Animal! —grito yo enfurecido—, ¿quieres que te fustigue con el látigo?

Pero enseguida recuerdo que es un desconocido, que no sé de dónde viene y que me está prestando su ayuda desinteresadamente cuando todos los demás me fallan. Como si leyera mis pensamientos, no se toma a mal la amenaza, sino que, sin dejar de ocuparse de los caballos, se vuelve hacia mí.

—Suba —dice después, y en efecto, todo está dispuesto.

Me percato de que nunca he viajado con un tiro tan hermoso y me subo muy contento.

—Pero yo conduciré, tú no conoces el camino —digo.

—Por supuesto —dice él—, yo no iré con usted, me quedaré con Rosa.

—No —grita Rosa y se precipita hacia la casa con hondo presentimiento de su destino inevitable; oigo tintinear la cadena de la puerta, que ella echa; oigo el clic de la cerradura; veo además cómo va apagando todas las luces del vestíbulo y las habitaciones, para hacerse ilocalizable.

—Tú vienes conmigo —le digo al mozo—, o renuncio al viaje, por muy urgente que sea. No pienso pagarlo dejándote a la muchacha a cambio.

—¡Arre! —dice él dando una palmada.

El coche es arrastrado como un tronco en la corriente; aún oigo cómo la puerta de mi casa cede y se astilla bajo la embestida del mozo, luego mis ojos y oídos se llenan de un zumbido que invade por igual todos mis sentidos. Pero esto también dura sólo un instante, pues como si el patio de mi enfermo se abriese justo ante el portón de mi patio, ya estoy ahí; quietos se quedan los caballos; la nevada ha cesado; la luz de la luna lo baña todo; los padres del enfermo salen de prisa y corriendo de la casa. La hermana los sigue; me bajan casi en volandas del coche; en la habitación del enfermo el aire es casi irrespirable; la descuidada estufa humea; voy a abrir la ventana; pero antes quiero ver al enfermo. Enjuto, sin fiebre, ni frío ni caliente, vacíos los ojos, sin camisa, el joven se incorpora bajo el edredón, se abraza a mi cuello y me susurra al oído:

—Doctor, déjeme morir.

Miro a mi alrededor; nadie lo ha oído; los padres, mudos e inclinados hacia adelante, esperan mi dictamen; la hermana ha acercado una silla para el maletín. Abro el maletín y hurgo entre mi instrumental; desde la cama, el joven no deja de extender los brazos hacia mí para recordarme su petición; yo cojo unas pinzas, las examino a la luz de la vela y las vuelvo a guardar.

«Sí —pienso blasfemando—, los dioses ayudan en casos semejantes, envían el caballo que falta, dada la prisa añaden incluso un segundo caballo, y por si fuera poco conceden también un mozo de cuadra.»

Sólo entonces vuelvo a pensar en Rosa. ¿Qué hacer? ¿Cómo salvarla? ¿Cómo sacarla de debajo de ese mozo de cuadra a diez millas de donde está, con unos caballos indómitos enganchados a mi coche? Y ahora esos caballos, que de alguna manera han aflojado las riendas, de golpe y sin saber cómo desde fuera abren las ventanas, meten cada uno la cabeza en una de ellas y observan al enfermo, impertérritos ante el escándalo de la familia.

«Regresaré ahora mismo», pienso, como si los caballos me invitasen a viajar, pero dejo que la hermana, que me cree aturdido por el calor, me quite el abrigo de piel. Me preparan una copa de ron, el viejo me da palmaditas en el hombro, como si el ofrecimiento de su tesoro justificase tanta familiaridad. Yo niego con la cabeza; las pocas luces del anciano hacen que me sienta mal; sólo por esa razón rechazo la bebida. La madre está junto a la cama y me lleva hacia allí; yo obedezco, y mientras uno de los caballos lanza un fuerte relincho hacia el techo de la habitación, pongo la cabeza junto al pecho del muchacho, que se estremece bajo mi barba mojada. Se confirma lo que ya sabía: el muchacho está sano, con la irrigación sanguínea algo mala, saturado de café por su solícita madre, pero sano, y lo mejor sería sacarlo de la cama de un empujón. Como no aspiro a reformar al género humano, lo dejo ahí echado. He sido contratado por la autoridad del distrito y cumplo con mi deber hasta el extremo, un extremo casi excesivo. Aunque mal pagado, soy generoso y trato de ayudar a los pobres. Todavía he de ocuparme de Rosa, y puede que el joven tenga razón y yo también quiera morir. ¿Qué hago aquí, en este invierno interminable? Mi caballo reventó, y en el pueblo no hay nadie que me preste el suyo. He de sacar mi tiro de la cuadra; si por casualidad no hubiera encontrado los caballos, hubiera tenido que enganchar cerdos. Así es. Y con la cabeza hago una señal a la familia. No saben nada de todo esto, y si lo supieran no se lo creerían. Recetar es fácil, pero entenderse con la gente es por lo general complicado. Pues bien, mi visita ha llegado a su fin; una vez más, me han vuelto a molestar en vano, ya estoy acostumbrado, con la ayuda de mi campanilla de noche el distrito entero me martiriza, pero el que esta vez tuviera que sacrificar a Rosa, esa hermosa muchacha que ha vivido años en mi casa sin que yo le prestara casi atención... es un sacrificio demasiado grande, y de algún modo tendré que emplear todo tipo de argucias para poderlo asimilar, para no arremeter contra esta familia, que ni con la mejor voluntad podrá devolverme a Rosa. Pero cuando cierro el maletín y hago una señal para que me alcancen mi abrigo de piel mientras la familia permanece reunida, el padre olisqueando la copa de ron que continúa en su mano, la madre bañada en lágrimas y mordiéndose los labios, probablemente decepcionada de mí —¿qué espera en el fondo la gente—, y la hermana agitando una toalla ensangrentada, de algún modo estoy dispuesto a admitir, si fuera necesario, que el joven acaso esté enfermo. Me acerco a él, me sonríe —¡ah!—, ahora relinchan los dos caballos; en las altas esferas deben haber decretado, sin lugar a dudas, que el ruido facilita el reconocimiento médico, y me doy cuenta, ahora sí, de que el muchacho está enfermo. En su costado derecho, cerca de la cadera, se ha abierto una herida grande como la palma de una mano. Rosada, con muchos matices, oscura en lo más hondo, más clara hacia los bordes, suavemente granulada, con la sangre distribuida de forma irregular, abierta como una mina a cielo abierto. Tal es su aspecto a distancia. De cerca aparece una nueva complicación. ¿Quién podría mirarla sin dejar de emitir un silbido? Unos gusanos largos y gruesos como mi dedo meñique, rosados y salpicados de sangre, se retuercen en el interior de la herida, buscando la luz con sus cabecitas blancas y un sinnúmero de patitas. Pobre muchacho, ya nada puede hacerse. He descubierto tu gran herida; esta flor de tu costado acabará contigo. La familia está feliz al verme en acción; la hermana se lo dice a la madre, la madre al padre, el padre a algunos invitados que, manteniendo el equilibrio con los brazos extendidos, entran de puntillas por el claro de luna de la puerta abierta.

—¿Me salvarás? —susurra el joven sollozando, totalmente deslumbrado por la vida de su herida.

Así son las gentes de mi comarca. Exigen siempre lo imposible al médico. Han perdido la antigua fe; el cura se queda en casa y va deshilachando una tras otra sus casullas; pero el médico ha de lograrlo todo con su tierna mano quirúrgica. Bueno, como queráis: no soy yo quien se ha ofrecido; si me utilizáis con fines sagrados, también lo permitiré; ¡qué más querría yo, viejo médico rural al que le han arrebatado su criada! Y entonces llega la familia y los ancianos del pueblo y me desvisten; un coro escolar con el maestro a la cabeza se instala ante la casa y canta una melodía muy sencilla con la siguiente letra:

¡Desnudadlo y así se curará,
y si no se cura, entonces matadlo!
Sólo es un médico, un médico nada más.

Ya estoy desvestido, y con los dedos en la barba y la cabeza gacha, observo muy tranquilo a la gente. Estoy completamente sereno, con pleno dominio de la situación, y así permanezco, pero de nada me sirve, pues ahora me toman por la cabeza y los pies y me llevan a la cama. Me acuestan contra la pared, del lado de la herida. Luego salen todos de la habitación; la puerta se cierra; el canto enmudece; unas nubes ocultan la luna; la ropa de cama me envuelve cálidamente; como sombras oscilan las cabezas de los caballos en el marco de las ventanas.

—¿Sabes? —oigo que me dicen al oído—, tengo poca confianza en ti. A ti también te han abandonado aquí desde algún lugar, no has llegado por tu propio pie. En vez de ayudarme, estrechas todavía más mi lecho de muerte. Me encantaría arrancarte los ojos.

—Así es —digo—, es una ignominia. Pero resulta que soy médico. ¿Qué puedo hacer? Créeme, yo tampoco lo tengo fácil.

—¿Y quieres que me baste esa disculpa? ¡Ah, me temo que sí! Siempre debo conformarme. Con una hermosa herida vine al mundo: esa fue toda mi dote.

—Joven amigo —digo yo—, tu fallo es no tener visión de conjunto. Yo, que he estado en habitaciones de enfermos en varias leguas a la redonda, te puedo decir que tu herida no es tan mala. Te la hicieron con dos golpes de azadón en ángulo agudo. Muchos ofrecen el costado y apenas oyen el azadón en el monte, mucho menos cuando se les acerca.

—¿Es realmente así o me engañas en el delirio de la fiebre?

—Así es realmente, acepta la palabra de honor de un médico oficial.

Y guardando silencio la aceptó. Pero era ya la hora de pensar en mi salvación. Los caballos seguían fielmente en sus puestos. En un instante tomé la ropa, el abrigo de piel y el maletín; no quise perder tiempo vistiéndome; si los caballos corrían tanto como a la ida, saltaría en cierto modo de esta cama a la mía. Obediente, uno de los caballos se apartó de la ventana; arrojé el fardo al carruaje; el abrigo de piel voló demasiado lejos y quedó sujeto a un gancho por una de las mangas. Suficiente. Monté de un salto a uno de los caballos: las riendas sueltas, un caballo apenas enganchado al otro, el carruaje detrás dando tumbos y, por último, el abrigo de piel arrastrándose sobre la nieve.

—¡Arre! —dije, pero no hubo galope; despacio, como ancianos, echamos a andar por el desierto de nieve; largo tiempo resonó detrás de nosotros el nuevo pero desquiciado canto de los niños:

> ¡Alegraos, pacientes,
> el médico se ha colado en la cama!

A este paso nunca llegaré a casa; mi floreciente consulta está perdida; un sucesor me roba, pero en vano, pues no puede sustituirme; en mi casa el repugnante mozo de cuadra hace estragos; Rosa es su víctima; no quiero ni pensarlo. Desnudo, expuesto a la helada de esta estación aciaga, con un carruaje terrenal y unos caballos no terrenales, vago por los campos, yo, un hombre viejo. Mi abrigo de piel pende detrás del carruaje, pero no puedo alcanzarlo y nadie entre la turba inquieta de los pacientes mueve un dedo. ¡Engañado! ¡Engañado! Una vez que se ha seguido la falsa llamada de la campanilla nocturna... ya nada puede hacerse.

En la galería

Si una artista ecuestre, frágil y tísica, fuera obligada durante meses, sin interrupción, por un director despiadado a blandir el látigo ante un público insaciable, a dar vueltas sobre un caballo vacilante sobre la pista de un circo, trepidando sobre el caballo, lanzando besos, cimbreando la cintura, y si esta actuación se prolongara bajo el estruendo incesante de la orquesta y los ventiladores, hacia un futuro gris eterno, seguida por oleadas de aplausos que al extinguirse volvieran a elevarse, producidos por manos que en realidad son martillos de vapor... tal vez entonces algún joven espectador de la galería bajaría muy deprisa la larga escalera atravesando todo el graderío, se abalanzaría a la pista del circo y gritaría ¡alto! entre las fanfarrias de la orquesta siempre dispuesta a acompañar.

Pero como no es así, como una hermosa dama, blanca y roja, entra etérea por los cortinajes que descorren ante ella unos altivos criados de librea, como el director, buscando fervorosamente sus ojos, le echa su aliento como si fuera un animal, la sube con cuidado al caballo tordo, como si fuera su nieta predilecta a punto de emprender un peligroso viaje, no logra decidirse a dar la señal con el látigo y al final, dominándose, le da con un restadillo, echa a correr junto al caballo con la boca abierta, sigue los saltos de la amazona con mirada penetrante, apenas puede comprender su habilidad, intenta prevenirla con exclamaciones en inglés, exhorta furioso a los palafreneros que sostienen los aros a prestar una extrema atención, suplica antes del gran salto mortal a la orquesta, con los brazos en alto, que guarde silencio, y por último baja a la pequeña del tembloroso caballo, la besa en ambas mejillas y no considera suficiente ningún homenaje del público, mientras ella misma, sostenida por él, irguiéndose de puntillas, rodeada de polvo, con los brazos extendidos y la cabecilla inclinada hacia atrás, quiere compartir su dicha con todo el circo...; como esto es así, el espectador de la galería apoya el rostro en la barandilla y, hundiéndose en la marcha final como en un profundo sueño, rompe a llorar sin darse cuenta.

Un folio viejo

Parece que se hubieran descuidado muchas cosas en la defensa de nuestra patria. Hasta ahora no nos hemos preocupado de ello, limitándonos a cumplir nuestro quehacer; pero los acontecimientos de los últimos tiempos nos inquietan.

Tengo un taller de zapatería en la plaza, frente al palacio imperial. En cuanto abro la tienda con las primeras luces del alba, observo ya las bocas de todas las calles que desembocan aquí llenas de gente armada. Pero no son nuestros soldados, sino, al parecer, nómadas del norte. De algún modo para mí incomprensible han conseguido entrar en la capital que, no obstante, se halla muy alejada de las fronteras. En cualquier caso ahí están; y parecen ser más cada amanecer.

Conforme a su costumbre, acampan al aire libre, pues detestan las casas. Se dedican a afilar las espadas, a pulir las flechas, a realizar ejercicios ecuestres. Han convertido esta plaza tranquila, siempre escrupulosamente limpia, en una auténtica pocilga. A veces intentamos salir de nuestros negocios y eliminar al menos la basura más molesta pero esto ocurre cada vez menos, pues el esfuerzo resulta inútil y, además, corremos peligro de acabar bajo los caballos salvajes o ser heridos por sus fustas.

No se puede hablar con los nómadas. No conocen nuestra lengua y apenas emplean la suya propia. Entre ellos se entienden como los grajos. Todo el tiempo se escucha ese graznido de los grajos. Nuestra forma de vida y nuestras instituciones les son tan inconcebibles como indiferentes. Por eso también se muestran reacios a cualquier intento de entenderse por señas. Ya puedes dislocarte las mandíbulas o torcerte manos y muñecas, no te entienden ni te entenderán jamás. Muchas veces hacen muecas, ponen los ojos en blanco y echan espuma por la boca, pero con ello no quieren decir nada ni tampoco asustar; lo hacen porque es su modo de ser. Toman lo que necesitan. No puede decirse que empleen la violencia. Antes de que ellos actúen uno se hace a un lado y les entrega todo.

También de mis artículos se han llevado más de una buena pieza. Aunque no puedo quejarme si veo, por ejemplo, cómo le va al carnicero de enfrente. Nada más llegarle la mercancía, todo le es arrebatado y devorado por los nómadas. Sus caballos también comen carne; a menudo se puede ver a un jinete tumbado junto a su caballo y los dos alimentándose del mismo trozo de carne, cada uno por un extremo. El carnicero tiene miedo y no se atreve a acabar los suministros de carne. Nosotros nos hacemos cargo, reunimos dinero y lo ayudamos. Si los nómadas se quedan sin carne, quién sabe lo que se les ocurriría hacer; de todas formas quién sabe lo que se les puede ocurrir aun teniendo carne a diario.

Hace poco el carnicero pensó que podía ahorrarse el esfuerzo de la matanza, y por la mañana trajo un buey vivo. Que no se le ocurra volver a hacerlo. Me estuve una hora larga en la parte de atrás de mi taller, tumbado en el suelo, cubierto con toda mi ropa, mantas y almohadas con tal de no oír los mugidos del buey al que los nómadas atacaban por todos los flancos para arrancarle trozos de carne caliente a dentelladas. La calma ya reinaba hacía rato cuando me atreví a salir; como bebedores alrededor de un barril de vino allí yacían, exhaustos, en torno a los despojos del buey.

Precisamente en esa ocasión creí ver al emperador en persona asomado a una de las ventanas de palacio; por lo normal nunca se acerca hasta los aposentos exteriores, vive siempre en el jardín más recóndito; pero aquella ocasión estaba —al menos a mí me lo pareció— de pie ante una de las ventanas y miraba con la cabeza gacha lo que sucedía frente a su castillo.

—¿En qué acabará todo esto? —nos preguntamos todos—. ¿Cuánto tiempo aguantaremos esta carga y este suplicio?

El palacio imperial ha atraído a los nómadas, pero no sabe cómo expulsarlos. El portón permanece cerrado; la guardia, que antes solía entrar y salir marchando solemnemente, se mantiene ahora tras las ventanas enrejadas. La salvación de la patria nos ha sido encomendada a nosotros, artesanos y comerciantes, pero no estamos a la altura de semejante misión ni nos hemos jactado de poderla cumplir.

Ante la ley

Ante la ley hay un guardián. Hasta ese guardián llega un campesino y le pide ser admitido en la ley. Pero el guardián le dice que por ahora no le puede permitir el acceso. El hombre se queda pensando y pregunta si le permitirán entrar más adelante.

—Es posible —le dice el guardián—, pero por ahora no.

Viendo que la puerta de acceso a la ley está abierta como siempre y el guardián se aparta, el hombre se inclina para mirar hacia el interior a través de la puerta. Cuando el guardián se da cuenta se echa a reír y dice:

—Si tanto te atrae, intenta entrar a pesar de la prohibición. Pero ten presente que yo soy poderoso. Y sólo soy el guardián de menor rango. Entre sala y sala hay más guardianes, cada uno más poderoso que el anterior. Sólo el aspecto del tercero ni yo puedo soportarlo.

Con semejantes dificultades no contaba el campesino; la ley ha de ser accesible siempre, y para todos, piensa, pero cuando observa con más detenimiento al guardián envuelto en su abrigo de piel, con su gran nariz puntiaguda, su larga barba tártara, rala y negra, decide que es mejor esperar hasta obtener el permiso de entrada. El guardián le acerca un taburete y le permite sentarse al lado de la puerta. Allí permanece sentado días y años. Hace numerosos intentos para ser admitido, hasta cansar al guardián con sus ruegos. El guardián con frecuencia lo somete a pequeños interrogatorios, le pregunta sobre su país y sobre muchas otras cosas, pero son preguntas hechas con indiferencia, como las que hacen los grandes señores, para al final repetirle una y otra vez que todavía no lo puede dejar entrar. El hombre, que se había provisto de muchas cosas para su viaje, lo utiliza todo, por valioso que sea, para sobornar al guardián. Éste lo acepta todo, pero haciéndolo dice:

—Lo acepto sólo para que no creas que no lo intentaste todo.

Durante esos largos años el hombre observa al guardián casi ininterrumpidamente. Se le olvidan los otros guardianes y éste primero le parece el único obstáculo para entrar a la ley. Durante los primeros años maldice el lamentable azar en voz alta y sin recato; después, a medida que envejece, ya sólo mascullando para sus adentros. Se comporta igual que un niño y como estudiando al guardián durante tantos años ha llegado incluso a conocer a las pulgas del cuello de su abrigo de piel, también pide a las pulgas que lo ayuden y hagan cambiar de opinión al guardián. Por último se le debilita la vista y ya no sabe si la oscuridad reina de verdad a su alrededor o sólo son sus ojos los que lo engañan. Pero entonces advierte en medio de la oscuridad un resplandor que, inextinguible, sale por la puerta de la ley. Le queda poco tiempo de vida. Antes de morir se le acumulan en la mente todas las experiencias vividas hasta reducirse a una pregunta que aún no le había formulado al guardián. Le indica por señas que se acerque pues ya no puede erguir su rígido cuerpo. El guardián ha de inclinarse sobremanera hacia él, pues la diferencia de tamaño ha variado mucho en detrimento del hombre.

—¿Qué más quieres saber ahora? —pregunta el guardián—. Eres insaciable.

—Todos aspiran a entrar en la ley —dice el hombre—, ¿cómo es que en tantos años nadie aparte de mí ha solicitado entrar?

El guardián advierte que el hombre se aproxima ya a su fin y, para llegar a su desfalleciente oído, le ruge:

—Nadie más podía conseguir aquí el permiso, esta entrada estaba destinada sólo a ti. Ahora me iré y la cerraré.

Chacales y árabes

Acampábamos en el oasis. Los compañeros de viaje dormían. Un árabe alto y blanco pasó por delante de mí; venía de ocuparse de los camellos y se iba a acostar.

Me tumbé de espaldas sobre la hierba; quería dormir; no podía. El aullido lastimero de un chacal en la distancia; volví a incorporarme. Y lo que había estado tan lejos, de pronto estuvo cerca. Un hervidero de chacales a mi alrededor; ojos de oro mate que refulgían y se apagaban; cuerpos delgados que se movían acompasadamente, como bajo golpes de látigo.

Uno de ellos se acercó por detrás, se estrechó contra mí, bajo mi brazo, como si necesitara mi calor, luego se plantó frente a mí y me habló, mirándome casi de hito en hito:

—Soy el chacal más viejo en varias leguas a la redonda. Me alegro de aún poderte saludar aquí. Casi había perdido la esperanza, pues llevamos una eternidad esperándote; mi madre te esperó, y su madre, y todas las madres anteriores hasta llegar a la madre de todos los chacales. ¡Créelo!

—Me extraña —dije y olvidé encender el montón de leña para ahuyentar con su humo a los chacales—, me extraña mucho oír eso. Sólo por azar he llegado del remoto norte y mi viaje será corto. ¿Qué es lo que deseáis, chacales?

—Sabemos —empezó el más viejo— que vienes del norte, y en eso se basa precisamente nuestra esperanza. Allí tienen discernimiento, cosa imposible de encontrar aquí entre los árabes. Sabes que de su fría altivez no se puede arrancar ni un ápice de discernimiento. Matan animales para comérselos y desprecian la carroña.

—No hables tan alto —dije—, hay árabes que duermen cerca.

—Eres de verdad un extranjero —dijo el chacal—, de lo contrario sabrías que jamás en la historia del mundo un chacal le ha temido a un árabe. ¿Por qué habríamos de temerlos? ¿No es acaso desgracia suficiente vivir relegados entre semejante pueblo?

—Puede ser, puede ser —dije—, no me tomo la libertad de opinar sobre asuntos que me resultan tan lejanos; parece ser un conflicto muy antiguo; parece llevarse en la sangre y puede que termine en sangre.

—Eres muy listo —dijo el viejo chacal; y todos respiraron aún más deprisa, con los pulmones agitados pese a permanecer quietos; un olor acre, a ratos sólo soportable apretando los dientes, brotaba de sus fauces abiertas—. Eres muy listo; lo que dices se corresponde con nuestra antigua doctrina. Los dejaremos sin sangre y se acabará el conflicto.

—¡Oh! —dije, con más violencia de la que hubiera querido—, se defenderán, os matarán en manada con sus escopetas.

—Nos malinterpretas a la usanza humana —dijo—, que por lo visto tampoco se pierde en el remoto norte. No los mataremos. El Nilo no tendría agua suficiente para purificarnos. Y es que ante la sola visión de sus cuerpos vivos, nosotros huimos en busca de aire más puro, al desierto, que por eso es nuestra patria.

Y todos los chacales que había alrededor, a los que entretanto se habían sumado muchos más venidos de lejos, hundieron las cabezas entre las patas delanteras y se las limpiaron con las zarpas; era como si quisieran ocultar una repugnancia tan terrible que de buena gana habría yo huido dando un gran salto.

—¿Y qué pensáis hacer entonces? —pregunté intentando levantarme; pero no pude; dos cachorros me habían agarrado por detrás la chaqueta y la camisa con sus dientes; tuve que quedarme sentado.

—Te sostienen la cola —dijo el chacal viejo en tono serio y aclaratorio—, una señal de respeto.

—¡Que me suelten! —grité girándome al viejo y a los jóvenes.

—Por supuesto que lo harán —dijo el viejo—, si tú lo pides. Pero tardarán un ratito pues siguiendo la costumbre han mordido con fuerza y sólo pueden separar los colmillos poco a poco. Entretanto escucha nuestro ruego.

—Vuestro comportamiento no me predispone mucho a ello —dije.

—No nos reproches nuestra torpeza —dijo recurriendo por primera vez al tono lastimero de su voz natural—, somos animales pobres, sólo poseemos nuestros dientes; para todo aquello que queremos hacer, lo bueno y lo malo, únicamente contamos con los dientes.

—¿Y qué es lo que quieres? —pregunté, un poco más apaciguado.

—Señor —exclamó, y todos los chacales lanzaron un aullido: en la remota distancia me pareció una melodía—. Señor, debes poner fin a esta disputa que ha escindido al mundo. Tal y como eres describieron nuestros antepasados a la persona que lo haría. Queremos que los árabes nos dejen en paz; aire respirable; que el horizonte quede despejado de ellos; no oír los lamentos del cordero que los árabes sacrifican; que todos los animales se mueran en paz; que podamos bebernos su sangre y dejar sus huesos mondos sin ser molestados. Limpieza, sólo limpieza queremos. —Y todos empezaron a llorar y sollozar—. ¿Cómo puedes tú soportar este mundo, tú, noble corazón de dulces entrañas? Inmundicia es su blancura; inmundicia es su negrura; un espanto son sus barbas; entran ganas de escupir al verles el rabillo del ojo; y cuando levantan el brazo, en su axila se aloja el infierno. Por eso, ¡oh, señor!, por eso, ¡oh, querido señor!, con ayuda de tus poderosas manos ¡córtales el gaznate con estas tijeras!

Y obedeciendo a una señal de su cabeza se acercó un chacal que en uno de sus colmillos llevaba unas pequeñas tijeras de coser cubiertas de óxido viejo.

—¡Ah, por fin las tijeras; ahora sí que se acabó! —exclamó el guía árabe de nuestra caravana que, con el viento en contra, se había deslizado hasta nosotros y blandía ahora su gigantesco látigo.

Todos se dispersaron enseguida, pero a cierta distancia se detuvieron, cerca unos de otros: un montón de animales tan rígidos y apelotonados que parecían un estrecho redil cercado por fuegos fatuos.

—¿De modo que tú también, señor, has visto y oído este espectáculo? —dijo el árabe y se rio tan alegremente como lo permitía el carácter reservado de su raza.

—¿Tú también sabes lo que quieren esos animales? —pregunté.

—Por supuesto, señor —dijo él—, es de todos sabido; mientras haya árabes, estas tijeras recorrerán el desierto y seguirán recorriéndolo con nosotros hasta el fin de los tiempos. A todo europeo le son ofrecidas para la gran obra; cualquier europeo les parece ser el elegido. Una absurda esperanza la de estos animales; locos, son auténticos locos. Por eso los queremos; son nuestros perros; más hermosos que los vuestros. Fíjate, esta noche murió un camello y lo he hecho traer aquí.

Se acercaron cuatro porteadores y arrojaron a nuestros pies el pesado cadáver. Nada más estar allí tendido, los chacales elevaron sus voces. Como si una cuerda tirase de forma irresistible de cada uno de ellos, se fueron acercando en tromba, rozando el suelo con sus vientres. Habían olvidado a los árabes, habían olvidado su odio, hechizados por la presencia de ese cadáver que exhalaba un vaho intenso que lo borraba todo. Uno ya se le había prendido al cuello y al primer mordisco dio con la yugular. Como una bomba pequeña y furibunda, dispuesta a extinguir un devastador incendio de manera tan obstinada como errada, cada músculo de su cuerpo se tensaba y contraía sin moverse del lugar.

Entonces el guía hizo restallar con fuerza el cortante látigo a diestro y siniestro sobre ellos. Levantaron las cabezas entre embriagados e impotentes; vieron a los árabes de pie frente a ellos; empezaron a sentir el látigo en sus hocicos; se retiraron de un salto y retrocedieron un trecho. Pero la sangre del camello ya había formado charcos y humeaba, y el cuerpo presentaba grandes desgarraduras en varias partes. No pudieron resistirlo; ya estaban ahí de nuevo; otra vez alzó su látigo el guía; yo le sujeté el brazo.

—Tienes razón, señor —me dijo—, dejémoslos con su tarea; además, es hora de continuar la ruta. Ya los has visto. Maravillosos animales, ¿verdad? ¡Y cómo nos odian!

Una visita a la mina

Hoy han estado abajo, con nosotros, los ingenieros de mayor rango. La dirección ha debido de encargar que se excaven nuevas galerías y por ese motivo han bajado los ingenieros, para efectuar las primeras prospecciones. ¡Qué jóvenes son y, a la vez, qué distintos! Todos han crecido en libertad, y su personalidad, claramente definida, se manifiesta ya sin ambages en los años mozos.

Uno de pelo negro, vivaz, deja que sus ojos lo recorran todo.

El segundo, provisto de una libreta de apuntes, bosqueja mientras camina, mira a su alrededor, compara, anota.

Un tercero, con las manos en los bolsillos de la chaqueta, de modo que todo él parece tenso, avanza muy erguido; conserva su dignidad; sólo al mordisquearse continuamente los labios revela su impaciente juventud, imposible de reprimir.

El cuarto da al tercero explicaciones que éste no le pide; más bajo que él, mientras camina a su lado como si quisiera tentarlo, parece recitarle, con el dedo índice siempre en el aire, una letanía sobre todo lo que hay que ver aquí.

Un quinto, puede que el de mayor rango, no permite compañía alguna; tanto se coloca delante como detrás; el grupo adapta su paso al suyo; es pálido y débil; la responsabilidad le ha hundido los ojos; a ratos se oprime la frente con la mano mientras reflexiona.

El sexto y el séptimo andan un poco encorvados, las cabezas muy próximas, tomados del brazo, conversando familiarmente; si esto no fuera con toda seguridad nuestra mina de carbón y nuestro puesto de trabajo en la galería más profunda, podría pensarse que estos señores huesudos, sin barba, de nariz bulbosa, son jóvenes religiosos. Uno de ellos se ríe para sus adentros, por lo general con un ronroneo gatuno; el otro, igualmente sonriente, lleva la palabra y marca algo parecido a un compás con su mano libre. ¡Qué seguros tienen que estar estos dos señores de su posición! ¡Qué méritos han de haber hecho ya, pese a su juventud, en nuestra mina, para que aquí, en una inspección tan importante y bajo la mirada de su jefe, puedan ocuparse tan imperturbablemente de cosas personales, o al menos de asuntos que nada tienen que ver con su misión del momento! ¿O será acaso posible que, pese a todas sus risas y sus faltas de atención, se den perfecta cuenta de lo que hace falta? Uno apenas se atreve a emitir un juicio concreto sobre esa clase de señores.

Por otro lado no cabe la menor duda de que el octavo, por ejemplo, se halla incomparablemente más entregado a su tarea que los otros, e incluso que todos los demás señores. Ha de ir tocándolo y golpeándolo todo con un martillito que cada dos por tres saca del bolsillo y vuelve a guardar. A veces se arrodilla en la mugre a pesar de llevar un traje elegante y golpea el suelo, haciendo luego otro tanto, ya sin detenerse, con las paredes o el techo por encima de su cabeza. En una ocasión se tumbó en el suelo y se quedó un rato inmóvil; nosotros pensamos que había ocurrido alguna desgracia, pero de pronto se levantó con un leve estremecimiento de su esbelto cuerpo. Sólo se trataba de una nueva prospección. Creemos conocer nuestra mina y sus piedras, pero lo que aquel ingeniero explora aquí una y otra vez de esa manera nos resulta incomprensible.

Un noveno avanza empujando una suerte de carrito de niño donde lleva instrumentos de medición, unas herramientas sumamente caras, muy bien envueltas en una guata muy suave. Quien debiera empujar el carrito es, en realidad, el ordenanza, pero no se lo confían; han tenido que contratar a un ingeniero y, por lo que se ve, éste lo hace con gusto. Es sin duda el más joven y puede que no conozca aún todos los instrumentos, pero su mirada reposa fija sobre ellos, por lo que a veces corre el riesgo de chocar el carrito contra alguna de las paredes.

Pero hay otro ingeniero que avanza junto al carrito y se lo impide. Por lo que se ve, éste conoce a fondo los instrumentos y parece ser su verdadero cuidador. De vez en cuando, sin detener el carrito, saca alguna de las piezas, mira a través de ella, la enrosca o desenrosca, la sacude y golpea, se la acerca al oído y escucha con atención; por último, y mientras el que empuja el carrito se detiene, la mayoría de las veces vuelve a colocar dentro, con sumo cuidado, el minúsculo objeto, apenas visible desde lejos. Un poco autoritario se nota este ingeniero, aunque sólo en el manejo de los instrumentos. A diez pasos delante del carrito hemos de apartarnos a una simple señal de su dedo, hecha sin emitir palabra, incluso allí donde no hay espacio para apartarse.

Detrás de estos dos señores avanza el desocupado ordenanza. Los señores, como es lógico por su inconmensurable sabiduría, han depuesto desde hace tiempo toda arrogancia; el ordenanza, en cambio, parece haberla acumulado en su persona. Con una mano en la espalda y la otra delante, apoyada sobre sus botones dorados o acariciando el fino paño de su librea, saluda a menudo inclinando la cabeza a derecha e izquierda, como si lo hubiéramos saludado y él nos respondiera, o como si supiera que lo hemos saludado y no pudiera comprobarlo desde la altura. Por supuesto que no lo saludamos, pero al verlo podría casi creerse que ser ordenanza de la dirección de la mina es algo extraordinario. Cierto es que nos reímos a sus espaldas, pero como ni el estampido de un trueno podría animarlo a volverse, sigue siendo algo incomprensible a nuestro juicio.

Hoy no se trabajará mucho más. La interrupción ha sido demasiado larga; una visita semejante acaba con todas las ganas de trabajar. Resulta demasiado tentador seguir a esos señores con la mirada hasta la oscuridad de la galería de prueba por la que han desaparecido todos. Además, nuestro turno terminará pronto; ya no asistiremos al regreso de los señores.

La aldea más cercana

Mi abuelo solía decir: «La vida es sorprendentemente corta. Ahora, en el recuerdo, se me condensa tanto que apenas logro comprender, por ejemplo, cómo un joven es capaz de cabalgar hasta la aldea más cercana sin temer que (desastres aparte) ni siquiera la duración de una vida feliz y normal alcance, ni de lejos, para semejante cabalgata».

Un mensaje imperial

El emperador —así le llaman— te ha enviado a ti, al solitario, al más miserable de sus súbditos, la sombra huidiza hacia la más lejana lejanía, minúsculo ante la presencia del sol imperial, justamente a ti, desde su lecho de muerte, el emperador te ha confiado un mensaje. Hizo hincarse de rodillas al mensajero junto a su lecho y al oído le comunicó el mensaje; tan importante parecía ser que a su vez se lo hizo repetir al oído. Con movimientos de cabeza corroboró la exactitud de lo dicho. Y ante los testigos de su muerte —todas las paredes que estorbaban la visión fueron derribadas, y sobre la amplia y alta curva de la gran escalinata formaban un círculo los grandes del Imperio—, ante todos ellos despidió al mensajero.

El mensajero emprendió el camino de inmediato; un hombre robusto e incansable, avanzando alternativamente un brazo y el otro, se abre camino a través del gentío; cuando encuentra un obstáculo, muestra sobre su pecho el lugar que ocupa el signo del sol; y gracias a ello avanza más raudo que nadie. Pero la multitud es muy grande; sus estancias no tienen fin. Si ante él se abriera campo abierto, cómo volaría y qué pronto oiríais el señorial sonido de sus puños en la puerta; pero, en cambio, qué inútil es su empeño; todavía va abriéndose paso a través de las estancias del palacio principal; no terminará de cruzarlas nunca; y si terminara, no habría conseguido nada; tendría que luchar por descender las escaleras; y si lo consiguiera, no habría conseguido nada; tendría que atravesar los patios; y después de los patios vendría el segundo palacio circundante; y de nuevo escaleras y patios; y otro palacio; y así por miles de años; y cuando por fin empujase la puerta principal (pero nunca, nunca eso puede llegar a suceder), se encontraría frente a la ciudad, sede de la corte, el centro del mundo, donde se acumulan los deshechos. Nadie logra pasar por ahí, y menos con el mensaje de un muerto. Pero te sientas junto a la ventana y lo sueñas mientras cae la tarde.

La preocupación del padre de familia

Unos dicen que la palabra *Odradek* proviene del eslavo e intentan, basándose en ello, documentar su formación. Otros, en cambio, opinan que procede del alemán y que sólo recibió influencia eslava. No obstante, la imprecisión de ambas interpretaciones permite deducir con razón que ninguna es cierta, sobre todo con ninguna de las dos se le puede encontrar un sentido a la palabra.

Claro está que nadie se entregaría a semejantes estudios si no existiera de verdad un ser llamado Odradek. A primera vista se asemeja a un carrete de hilo plano en forma de estrella y, de hecho, también parece que estuviera recubierto de hilo; aunque a decir verdad sólo podría tratarse de hilachos viejos y rotos, de los más diversos tipos y colores, anudados entre sí, pero también inextricablemente enredados. Pero no es tan sólo un carrete, sino que del centro de la estrella surge una pequeña varilla transversal a la cual se le une otra en ángulo recto. Con la ayuda de esta última varilla en uno de los lados, y de una de las puntas de la estrella en el otro, el conjunto puede mantenerse erguido como sobre dos patas.

Uno sentiría la tentación de creer que este artilugio pudo tener en otro tiempo una forma funcional y ahora está simplemente roto. Mas no parece ser este el caso; por lo menos no hay nada que lo pruebe; en ningún punto se ven añadidos ni fracturas que indiquen algo semejante; el conjunto parece, es verdad, carente de sentido, pero también perfecto en su género. Más detalles no se pueden decir sobre el particular, pues Odradek posee una movilidad extraordinaria y no se deja atrapar.

Se instala por turno en el desván, en la caja de la escalera, en los pasillos o en el vestíbulo. A veces no se deja ver durante meses; seguro que entonces se ha trasladado a otras casas; aunque acaba regresando sin falta a la nuestra.

Algunas veces cuando uno va a salir y se lo topa abajo, apoyado en la barandilla de la escalera, siente ganas de hablarle. Claro está que no se le hacen preguntas difíciles, sino que se le trata —sus pequeñas dimensiones invitan a hacerlo— como si fuera un niño.

—¿Cómo te llamas? —le pregunta uno.

—Odradek —dice.

—¿Y dónde vives?

—Domicilio desconocido —dice, y se ríe; pero es una risa como la que puede producir alguien sin pulmones. Suena más o menos como el crujir de hojas caídas. Y así suele acabar la conversación. Además, ni siquiera estas respuestas pueden obtenerse siempre; con frecuencia permanece mudo mucho tiempo, como la madera de la que parece estar hecho.

En vano me pregunto qué sucederá con él. ¿Podrá morir? Todo lo que muere ha tenido antes su objetivo, una actividad que lo ha desgastado; esto no puede aplicarse a Odradek. ¿Seguirá, pues, rodando en un futuro escaleras abajo con su cola de hilos sueltos a los pies de mis hijos y de los hijos de mis hijos? Es evidente que no hace daño a nadie; pero la idea de que pueda sobrevivirme me resulta casi dolorosa.

Once hijos

Tengo once hijos.

El primero tiene muy poca presencia, pero es serio y listo; pese a ello, y aunque como hijo lo quiero igual que a todos los demás, no lo tengo en gran estima. Su forma de pensar me parece demasiado simple. No mira a la derecha ni a la izquierda, ni tampoco a lo lejos; está siempre dando vueltas, o mejor dicho, girando en su estrecho círculo de ideas.

El segundo es hermoso, esbelto, bien plantado; resulta fascinante verlo con el florete en posición de guardia. Él también es listo, pero además experimentado; ha visto muchas cosas y por eso parece que hasta la naturaleza del propio país le hablara con mayor familiaridad que a los que nunca han viajado fuera. Sin embargo, este privilegio no se debe tan sólo, y ni siquiera en primer lugar, al hecho de haber viajado; se cuenta más bien entre los inimitables atributos de este hijo, reconocidos, por ejemplo, por todo el que pretende imitar su salto desde el trampolín al agua, que incluye múltiples volteretas en el aire y, no obstante, lo domina con fogosa maestría. Hasta el extremo del trampolín llegan el valor y las ganas del imitador que, una vez allí, se sienta de pronto, en lugar de saltar, y alza los brazos como disculpándose... Y pese a todo (pues en realidad debería sentirme feliz de semejante hijo), mi relación con él no deja de tener sus lados turbios. Su ojo izquierdo es un poco más pequeño que el derecho y le parpadea mucho; es un defecto mínimo, sin lugar a dudas, que vuelve su rostro más audaz de lo que normalmente hubiera sido, y nadie, frente a la inaccesible perfección de su persona señalaría con actitud reprobatoria ese ojo más pequeño y parpadeante. Yo, su padre, lo hago. Claro que no es ese defecto físico lo que me duele, sino una pequeña irregularidad de su espíritu que, de algún modo, se corresponde con él, cierto veneno que recorre su sangre, cierta incapacidad para potenciar plenamente algunos talentos naturales que soy el único en notar. Eso es, por otro lado, lo que hace de él mi verdadero hijo, pues ese defecto suyo es el defecto de toda la familia, sólo que en este hijo resulta más evidente.

El tercer hijo es también hermoso, pero no es el tipo de belleza que me gusta. Es la belleza del cantante: la boca arqueada, el ojo soñador, la cabeza que necesita un cortinaje detrás para hacerse valorar, el pecho desmedidamente abombado, las manos que se alzan con facilidad y vuelven a caer con excesiva facilidad, las piernas que se mueven con afectación por falta de fuerza. Y, además, el tono de su voz no es pletórico; engaña un instante; hace que el conocedor aguce el oído, pero se agota al rato... Pese a que, en general, todo invita a hacer gala de este hijo, prefiero mantenerlo escondido; él mismo tampoco intenta imponerse, y no porque conozca sus defectos, sino por inocencia. También se siente extraño en nuestra época; como si perteneciera a mi familia, pero además a otra a la que hubiera perdido para siempre; suele estar desanimado y nada consigue alegrarlo.

Mi cuarto hijo es quizá el más sociable de todos. Un verdadero hijo de su tiempo, se hace comprender por todo el mundo, se mueve en un terreno común a todos, y el que menos se siente tentado a saludarlo con una inclinación de cabeza. Tal vez, debido a este reconocimiento general, su personalidad haya adquirido cierta ligereza, sus movimientos tengan cierta libertad y sus juicios cierta desenvoltura. Uno querría repetir a menudo alguno de sus dichos, aunque sólo algunos, pues en su conjunto él mismo padece de una ligereza demasiado grande. Es como alguien que pega un salto digno de admiración, surca el aire como una golondrina, pero acaba luego miserablemente hundido en el polvo, en la nada. Tales pensamientos me amargan cuando veo a este hijo.

El quinto es bueno y cariñoso; prometía mucho menos de lo que ha cumplido; era tan insignificante que uno se sentía francamente solo en su presencia; no obstante, ha logrado adquirir cierto prestigio. Si me preguntasen cómo, apenas podría dar respuesta. Quizá sea la inocencia la que con más facilidad se abre paso entre la furia de los elementos de este mundo, y él es inocente. Quizá demasiado inocente. Amable con todo el mundo. Quizá demasiado amable. Confieso que no me siento bien cuando alguien lo elogia delante de mí. Elogiar a alguien tan manifiestamente digno de elogio como mi hijo supone ser demasiado pródigo en el elogio.

Mi sexto hijo parece, al menos a primera vista, el más meditabundo de todos. Un melancólico, y sin embargo un parlanchín. De ahí que sea un hueso duro de roer. Si lleva las de perder, se sume en una invencible tristeza; si en cambio consigue imponerse, entonces no deja de charlar. No le niego, sin embargo, cierto apasionamiento abnegado; en pleno día suele debatirse entre sus pensamientos como en sueños. Sin estar enfermo —más bien goza de muy buena salud—, a veces se tambalea, sobre todo al crepúsculo; pero no necesita ayuda, nunca se cae. Quizá la culpa de este fenómeno sea su desarrollo físico, es demasiado alto para su edad. Eso lo afea en líneas generales, pese a ciertos detalles que llaman la atención por su belleza, en los pies y las manos, por ejemplo. Fea es también, además, su frente atrofiada, tanto en la piel como en la forma de sus huesos.

El séptimo hijo me pertenece quizá más que todos los demás. El mundo no sabe apreciarlo; no entiende su peculiar forma de ingenio. No es que yo lo sobrevalore; ya sé que es bastante insignificante; si el mundo no tuviera otro fallo que el de no saber apreciarlo, seguiría siendo impecable. Pero en la familia no me gustaría tener que prescindir de este hijo. Aporta inquietud a la vez que respeto por la tradición, y conjuga ambas cosas —al menos es la sensación que me da— en una totalidad incuestionable. Claro que es quien menos sabe qué hacer con esa totalidad; no pondrá en marcha la rueda del futuro; pero ese temperamento suyo es tan estimulante, tan esperanzador; me gustaría que tuviese hijos, y que estos, a su vez, tuviesen hijos. Por desgracia ese deseo no parece que vaya a realizarse. Con una autocomplacencia que me resulta tan comprensible como indeseable, y que además se halla en abierta contradicción con el juicio de su entorno, él va por ahí en solitario, no hace mayor caso de las chicas y, sin embargo, jamás perderá su buen humor.

Mi octavo hijo es el objeto de mis pesares, y la verdad es que desconozco el motivo. Me mira como a un extraño pese a que me siento paternalmente unido a él. El tiempo ha arreglado muchas cosas, pero antes me echaba a temblar con sólo pensar en él. Sigue su propio camino; ha roto todos los vínculos conmigo; y seguro que con su cabeza dura, con su pequeño cuerpo atlético —de jovencito sólo tenía débiles las piernas, algo que quizá se haya compensado entretanto—, saldrá adelante donde le parezca. Muchas veces he sentido ganas de llamarlo, de preguntarle cómo le iban las cosas, por qué se aislaba tanto de su padre y cuáles eran, en el fondo, sus intenciones; pero ahora está tan lejos y ha pasado tanto tiempo que más vale dejarlo todo como está. He oído decir que es el único de mis hijos que lleva barba cerrada, lo cual seguro que no resulta nada atractivo en un hombre tan bajo.

Mi noveno hijo es muy elegante y tiene una mirada dulce que gusta a las mujeres. Tan dulce que en ocasiones llega a seducirme a mí también, que sé que basta con una simple esponja para borrar todo ese esplendor ultraterreno. Lo curioso de este muchacho es, sin embargo, que no tiene la menor intención de seducir; le bastaría con pasarse toda la vida tumbado en el sofá y prodigar su mirada por el techo de la habitación o, mucho mejor todavía, dejarla reposar bajo los párpados. Cuando está en esa posición, que es su preferida, habla con gusto y no lo hace nada mal, con decisión y expresividad, aunque dentro de estrechos límites; si los rebasa —cosa inevitable dada su cortedad—, su discurso se vuelve totalmente vacío. Uno le indicaría por señas que no siguiera si tuviera alguna esperanza de que esa mirada soñolienta pudiese notarlo.

Mi décimo hijo pasa por tener un carácter insincero. No quiero desmentir ni tampoco confirmar por completo este defecto. Una cosa es segura: quien lo ve acercarse con esa solemnidad que está muy por encima de su edad, con su levita siempre bien abotonada y su sombrero negro, viejo, pero escrupulosamente cepillado, con el rostro inmóvil, la barbilla algo prominente, los párpados que se arquean, pesados, sobre los ojos, y los dedos que a veces se lleva a la boca, quien lo ve así piensa: «Éste es un hipócrita redomado». ¡Pero hay que oírlo hablar! Juicioso; circunspecto; parco en palabras; abortando preguntas con maligna vivacidad; en una asombrosa, evidente y jovial armonía con el universo; una armonía que por fuerza hace tensar el cuello y alzar la cabeza. Con su palabra ha atraído a muchos que se creían muy listos y por ese motivo, según ellos, se sentían repelidos por su aspecto físico. Aunque también hay otros a los que su aspecto físico deja indiferentes, pero que encuentran su palabra hipócrita. Yo, como padre, no quiero pronunciarme al respecto, pero debo confesar que estos últimos enjuiciadores son, en cualquier caso, más dignos de atención que los primeros.

Mi undécimo hijo es tierno; sin duda el más débil de mis hijos; pero su debilidad engaña; y aunque a veces puede ser fuerte y decidido, la debilidad es, de alguna manera, determinante incluso en esos casos. No es, sin embargo, una debilidad humillante, sino algo que sólo parece debilidad en esta tierra nuestra. ¿No es también debilidad la disponibilidad a alzar el vuelo, por ejemplo, ya que es vacilación, incertidumbre y aleteo? Algo parecido se nota en mi hijo. Claro que al padre no le hacen gracia semejantes atributos; tienden manifiestamente a la destrucción de la familia. A veces me mira como queriendo decirme: «Te llevaré conmigo, padre». Yo pienso entonces: «Eres el último en quien confiaría». Y su mirada parece replicar: «Pues ya es mucho que sea el último».

Éstos son mis once hijos.

Un fratricidio

Se ha podido demostrar que el crimen sucedió de la siguiente manera:

Schmar, el asesino, se situó a eso de las nueve de una noche de luna clara en aquella esquina, por donde Wese, la víctima, tenía que girar desde la calle donde se encontraba su despacho hacia la calle en la que vivía.

Frío aire nocturno que haría estremecer a cualquiera. Pero Schmar sólo llevaba puesto un ligero traje azul; la americana estaba, además, desabrochada. No sentía frío; y no dejaba de moverse todo el tiempo. Empuñaba con determinación el arma del crimen, mitad bayoneta, mitad cuchillo de cocina, totalmente desenfundada. Observó el cuchillo a la luz de la luna; la hoja lanzó un destello; no fue suficiente para Schmar; la frotó contra los adoquines del pavimento hasta que soltó chispas; puede que se arrepintiera y, para reparar el daño la pasó por la suela de su bota como el arco de un violín, mientras él, apoyado en una sola pierna e inclinado hacia delante, prestaba oído al mismo tiempo al sonido del cuchillo contra la bota y al fatídico callejón lateral.

¿Por qué toleró todo eso el pensionista Pallas, que lo observaba todo muy de cerca, desde su ventana en el segundo piso? ¡Cosas de la naturaleza humana! Con la bata ceñida al ancho cuerpo y el cuello levantado, moviendo la cabeza, miraba hacia abajo.

Y cinco casas más allá, en diagonal con respecto a él, la señora

Wese, con su abrigo de piel de zorro sobre el camisón, buscaba con la mirada a su marido, que ese día se demoraba más de lo habitual.

Por fin suena la campanilla de la puerta del despacho de Wese, demasiado fuerte para tratarse de la campanilla de una puerta, y el eco recorre la ciudad, sube hasta el cielo, y Wese, el diligente trabajador nocturno, aún invisible desde la calle, anunciado solamente por el tintineo de la campanilla, sale de la casa; el pavimento empieza entonces a contar sus pausados pasos.

Pallas se asoma un poco más; no quiere perderse nada. La señora Wese, tranquilizada por la campanilla, cierra su ventana con un chirrido. Pero Schmar se arrodilla; como en ese instante sólo tiene cara y manos al descubierto, las aprieta contra las piedras; donde todo se acaba congelando, Schmar está al rojo.

En el límite mismo que separa ambas calles se detiene Wese, sólo el bastón se apoya en la calle opuesta. Un capricho. El cielo nocturno lo ha seducido, el azul oscuro y el dorado. Ajeno a todo contempla el cielo, ajeno a todo se alisa el pelo levantando un poco el sombrero; nada se mueve allá arriba para anunciarle el inminente futuro; todo sigue en su absurdo e inescrutable lugar. En principio es muy razonable que Wese siga caminando, pero va directo hacia el cuchillo de Schmar.

—¡Wese! —grita Schmar poniéndose de puntillas con el brazo en alto y bajando violentamente el cuchillo—. ¡Wese! ¡ Julia te esperará en vano!

Y a la derecha en el cuello, y a la izquierda en el cuello, y muy hondo en el vientre Schmar hunde su arma. Cuando abren a las ratas de agua hacen un ruido muy parecido al de Wese.

—¡Hecho! —dice Schmar y arroja el cuchillo, ese lastre superfluo y ensangrentado, contra la fachada más próxima—. ¡Oh, santidad del crimen! ¡Qué alivio, cómo nos da alas ver manar sangre ajena! Wese, vieja sombra nocturna, amigo, compañero de tabernas, aquí estás, rezumando sangre en el oscuro pavimento de la calle. ¿Por qué no serás nada más que una vejiga llena de sangre para poder sentarme encima y hacerte desaparecer por completo? No todo se cumple, no todos los sueños florecen; tus pesados restos yacen aquí, ya indiferentes a cualquier patada. ¿De qué sirve la pregunta muda que con ellos formulas?

Pallas, tragándose todo el veneno revuelto en su cuerpo, aparece entre las dos hojas de la puerta de su casa, que se abre de golpe.

—¡Schmar! ¡Schmar! Lo he visto todo, nada se me ha escapado.

Pallas y Schmar se examinan mutuamente. Pallas queda satisfecho, Schmar no sabe qué pensar.

Flanqueada por un gentío, la señora Wese acude a toda prisa con el rostro envejecido por el espanto. El abrigo de piel se abre, ella se abalanza sobre Wese, el cuerpo envuelto en el camisón le pertenece a él, el abrigo de piel que se cierra sobre la pareja como el césped de una tumba pertenece a la multitud.

Schmar hace esfuerzos por reprimir la última náusea apretando los dientes, con la boca apretada contra el hombro del policía que se lo lleva a paso rápido.

Un sueño

Josef K soñó:

Era un día hermoso y K quería dar un paseo. Pero apenas hubo dado dos pasos cuando se encontró en el cementerio. Había allí senderos trazados con gran artificio, tortuosos y nada prácticos, pero él se adentró por uno de ellos como sobre un torrente impetuoso, manteniendo un equilibrio imperturbable. Ya a lo lejos divisó un túmulo reciente junto al que quiso detenerse. Ese túmulo ejercía sobre K una especie de fascinación y todas las prisas le parecieron pocas para llegar hasta él. Por momentos apenas conseguía verlo; se lo ocultaban unas banderas que flameaban y se entrechocaban con gran fuerza; no se veía a los abanderados, pero al parecer reinaba allí un gran júbilo.

Teniendo aún la mirada puesta en la lejanía, vio de pronto el mismo túmulo junto a él, al borde del camino, ya casi a su espalda. Saltó de inmediato sobre el césped, y como el camino seguía fluyendo vertiginosamente bajo sus pies cuando dio el salto, se tambaleó y calló de rodillas justo delante del túmulo. Detrás de la tumba dos hombres sostenían en el aire una lápida; en cuanto apareció K clavaron la lápida sobre la tierra. Acto seguido salió de entre los arbustos un tercer hombre, en quien K reconoció de inmediato a un artista. Sólo llevaba puestos unos pantalones y una camisa mal abotonada; le cubría la cabeza una gorra de terciopelo, y en la mano sostenía un lápiz corriente con el que, mientras se acercaba, iba trazando figuras en el aire.

Con ese lápiz inició su trabajo en la parte superior de la lápida; ésta era muy alta y el hombre no tuvo que agacharse, pero sí inclinarse hacia delante, pues el túmulo, que él no quería pisar, lo separaba de la lápida. Se puso, pues, de puntillas y se apoyó con la mano izquierda sobre la superficie de la lápida. Haciendo una maniobra particularmente hábil logró dibujar letras doradas con su lápiz corriente; escribió: «Aquí yace». Cada letra iba surgiendo nítida y hermosa, grabada muy profundamente y con oro puro. Cuando hubo escrito estas dos palabras se volvió hacia K; éste, ansioso por ver cómo seguiría el epitafio, apenas se preocupaba del hombre y sólo miraba la lápida. Y, de hecho, el hombre se dispuso a seguir escribiendo, mas no pudo, algo se lo impedía, dejó caer el lápiz y se volvió de nuevo hacia K. Entonces K también miró al artista y advirtió que estaba muy desconcertado, pero no podía decir el motivo. Su anterior vivacidad había desaparecido por completo. K también se sintió desconcertado; intercambiaron miradas desvalidas; se daba allí un penoso malentendido que ninguno de los dos podía deshacer. A destiempo empezó a sonar entonces una pequeña campana desde la capilla mortuoria, pero el artista agitó la mano levantada y el tañido cesó. Al poco empezó de nuevo, esta vez muy quedamente e interrumpiéndose enseguida, sin necesidad de que se lo indicaran; fue como si sólo hubiera querido probar su sonido. K estaba desconsolado por la situación del artista, rompió a llorar y sollozó un buen rato con la cara entre las manos. El artista esperó a que K se calmara, y luego, al no encontrar otra salida, decidió seguir escribiendo pese a todo. El primer trazo breve que hizo fue un gran alivio para K, aunque por lo visto el artista sólo consiguió hacerlo tras superar una enorme resistencia; la escritura tampoco era ya tan bonita, específicamente parecía que le faltara oro, el trazo avanzaba pálido e incierto, pero la letra le quedó al final demasiado grande. Era una J, y ya estaba casi terminada cuando el artista, furibundo, dio una patada contra el túmulo haciendo saltar la tierra alrededor. Y K lo comprendió por fin; ya no había tiempo para pedirle disculpas; con todos los dedos excavó la tierra, que casi no opuso resistencia; todo parecía preparado; sólo para disimular habían colocado una fina capa de tierra; justo debajo se abrió un gran agujero de paredes escarpadas en el que K se hundió, vuelto de espaldas, sobre una tenue corriente. Pero mientras que él, abajo, con la cabeza aún erguida sobre la nuca era acogido por la impenetrable profundidad, arriba su nombre se escribía rápidamente en la losa, entre enormes arabescos.

Fascinado por esta visión, se despertó.

Informe para una academia

Ilustrísimos señores académicos:

Es para mí un honor que me hayan ustedes invitado a presentar en esta academia un informe sobre mi anterior vida de simio.

En ese sentido no puedo, por desgraciada, atender a su invitación. Casi cinco años me separan de mi existencia simiesca, un período quizá breve si se mide con el calendario, pero infinitamente largo para recorrerlo al trote, como lo he hecho yo; acompañado a ratos por magníficas personas, consejos, aplausos y música orquestal, pero en el fondo solo, pues todo el acompañamiento se mantenía —para seguir con la imagen— lejos de la barrera. Esta proeza habría sido imposible de haber querido yo aferrarme a mis orígenes, en mis recuerdos de juventud. La renuncia a toda obstinación fue justamente el mandamiento supremo que me impuse; yo, mono libre, me sometí a ese yugo. Pero, a cambio, el acceder a los recuerdos se me fue imposibilitando cada vez más. Al inicio, de haberlo querido los hombres, aún habría podido retroceder por el gran portalón que forma el cielo sobre la tierra, pero a medida que mi castigada evolución progresaba, el portal se volvía cada vez más bajo y más exiguo; me fui sintiendo mejor y más aferrado al mundo de los hombres; el vendaval que desde mi pasado soplaba sobre mí se ha ido calmando; hoy es sólo una corriente de aire que me refresca los talones; y el agujero remoto por el cual ese aire viene y por el que yo mismo llegué un día se ha vuelto tan pequeño que, aunque tuviera la fuerza y la voluntad suficientes para regresar hasta él, me acabaría despellejando de atravesarlo. Hablando con franqueza —y por más que me guste elegir imágenes para estas cosas—, hablando con toda franqueza: su condición simiesca, señores míos, en la medida en que ustedes puedan tener algo semejante en su pasado, no les puede resultar más alejada que a mí la mía. No obstante, cosquillea en el talón de todo el que caminó sobre la tierra: desde el pequeño chimpancé hasta el gran Aquiles.

En un sentido muy estricto, sin embargo, quizá pueda responder a su invitación, y lo haré incluso con sumo agrado. Lo primero que aprendí fue a dar la mano; el apretón de manos es un signo de franqueza; a ese primer apretón de manos se añade, ahora que estoy en el cénit de mi carrera, mi palabra sincera. Nada esencialmente nuevo puede ésta aportar a la academia, y ha de quedar muy por debajo de lo que de mí se espera y de lo que yo pueda, aun con la mayor voluntad, decir. De todas formas, servirá para demostrar las pautas a partir de las cuales alguien que fue mono se adentró en el mundo de los hombres y acabó estableciéndose en él. Sepan, con todo, que no podría contar siquiera las nimiedades que vienen a continuación si no estuviese totalmente seguro de mí mismo, y si mi posición en todos los grandes teatros de variedades del mundo civilizado no se hubiera consolidado de manera indiscutible.

Provengo de la Costa de Oro. Por lo que respecta a las circunstancias de mi captura, dependo de informes ajenos. Una expedición de caza de la empresa Hagenbeck —junto a cuyo jefe, por cierto, he vaciado más de una botella de buen vino tinto desde ese día— se hallaba al acecho entre los arbustos de la orilla cuando, un atardecer, bajé a abrevar junto a la manada. Dispararon; yo fui el único herido; recibí dos disparos.

Uno en la mejilla; fue leve, pero me dejó una gran cicatriz rojiza y sin pelos que me ha valido el repelente nombre de Peter *el Rojo*, absolutamente inapropiado y que parece inventado por un mono, como si solo por la mancha roja en la mejilla me distinguiera de aquel mono amaestrado llamado Peter, que sucumbió hace poco y era más o menos conocido.

Todo esto sea dicho de paso.

El segundo disparo me alcanzó debajo de la cadera. Fue grave, y es el culpable de que aún cojee un poco. Recientemente leí un artículo de uno de esos diez mil petimetres que se explayan sobre mí en los periódicos: mi naturaleza simiesca, decía, aún no había sido sometida por completo; la prueba de ello es que, cuando recibo visitas, me bajo enseguida los pantalones para mostrar el sitio por donde entró la bala.

Al tipo ese deberían arrancarle a tiros, y uno por uno, los deditos de la mano con que escribe. Yo puedo bajarme los pantalones delante de quien me dé la gana; no encontrarán allí sino un pelaje bien cuidado y la cicatriz producto de un —elijamos aquí la palabra apropiada para el fin adecuado, sin dar lugar a malentendidos— disparo infamante. Todo es claro y evidente; no hay nada que ocultar; cuando se trata de la verdad, cualquier espíritu noble deja de lado los modales más refinados. Si, en cambio fuera el escritorzuelo ese el que se quitara los pantalones al recibir visitas, la cosa sería muy distinta, y quiero considerar como un signo de sensatez el que no lo haga. ¡Pero que él también me deje en paz con sus remilgos!

Después de esos disparos me desperté —y aquí empiezan poco a poco mis propios recuerdos— en una jaula, en el puente del vapor de la empresa Hagenbeck. No, era una jaula con rejas en los cuatro lados; más bien eran sólo tres rejas sujetas a un cajón, que formaba la cuarta pared. El conjunto era demasiado bajo para mantenerse de pie, y demasiado estrecho para sentarse. De ahí que me mantuviera acuclillado con las rodillas dobladas, todo el tiempo temblorosas; y como al principio probablemente no quería ver a nadie y sólo me apetecía quedarme en la oscuridad, me instalé mirando al cajón mientras, por detrás, los barrotes se me clavaban en la carne. Se considera ventajosa esa forma de encerrar a los animales salvajes en la fase inicial de su cautiverio, y hoy después de mi experiencia, no puedo negar que desde una perspectiva humana esto es, efectivamente, cierto.

Pero entonces no pensaba así. Por vez primera en mi vida me hallaba en una situación sin salida, o al menos no la vislumbraba;

frente a mí tenía el cajón con sus tablas fuertemente ensambladas. Cierto es que entre las tablas había una rendija que lo atravesaba de un extremo a otro y que yo saludé, nada más descubrirla, con el feliz aullido de la insensatez; pero esa rendija no bastaba ni de lejos para pasar por ella la cola, y ni con toda mi fuerza de mono me fue posible ensancharla.

Debí de permanecer extrañamente en silencio, según me dijeron más tarde; de lo cual dedujeron que, o bien me moriría muy pronto, o bien, en caso de que lograra sobrevivir al primer período crítico, sería más fácil de amaestrar. Sobreviví a aquel período. Sollozar para mis adentros, buscar penosamente pulgas, lamer cansinamente un coco, golpear la pared del cajón con la cabeza y sacar la lengua cuando alguien se me acercaba: tales fueron las primeras ocupaciones de mi nueva vida. En todas ellas, sin embargo, una única sensación: no hay salida. Claro que hoy sólo puedo reproducir con palabras humanas lo que entonces sentía como mono y por lo tanto, lo estoy tergiversando, pero aunque ya no pueda recuperar la pasada verdad simiesca, ésta se sitúa al menos en la intención de mi relato, no cabe la menor duda.

Había tenido muchas salidas hasta entonces y de pronto no tenía ni una. Me encontraba atrapado. Si me hubieran clavado, mi libertad de movimiento no se habría visto mermada por ello. Y eso ¿por qué? Por mucho que te rasques la piel entre los dedos de los pies hasta sangrar, no encontrarás el motivo. Empuja la espalda contra los barrotes de la jaula hasta que se parta casi en dos: no encontrarás el motivo.

No tenía salida, pero debía lograr una, sin ella no podía vivir. Todo el tiempo pegado a la pared de aquel cajón... habría reventado irremisiblemente. Pero los monos de Hagenbeck han de estar pegados a la pared del cajón... y fue así como dejé de ser mono. Un razonamiento claro y hermoso, que en cierto modo debí de tramar con la barriga pues los monos piensan con la barriga.

Temo que no se comprenda con exactitud lo que yo entiendo por salida. Utilizo la palabra en su acepción más llana y corriente. A propósito evito hablar de libertad. No me refiero a esa gran sensación de libertad hacia todos lados.

Como mono quizá la conociera, y he conocido seres humanos que la deseaban ardientemente. En lo que a mí respecta, sin embargo, no he exigido libertad ni entonces ni ahora.

A propósito: los hombres se engañan muy a menudo con la libertad. Y así como ésta se cuenta entre los sentimientos más sublimes, el engaño correspondiente también figura entre los más sublimes. Antes de salir a escena, en los teatros de variedades, he visto muchas veces a alguna pareja de artistas ensayar arriba, junto al techo, en los trapecios. Se lanzaban al aire, se balanceaban, saltaban, volaban uno a los brazos del otro, o uno de ellos sujetaba al otro por el pelo, con los dientes. «¡Esto también es libertad humana! —pensaba yo—, movimiento libre y soberano.» ¡Oh, escarnio de la sacrosanta naturaleza! Ningún edificio aguantaría en pie las carcajadas de los simios ante semejante visión.

No, no quería libertad. Solamente una salida; a la derecha, a la izquierda, o a cualquier lado; no planteaba otras exigencias; aunque la salida fuera sólo una ilusión; la exigencia era pequeña, la ilusión no había de ser mucho mayor.

¡Avanzar, avanzar! ¡Nada de quedarse inmóvil con los brazos en alto contra la pared de un cajón! Hoy lo veo claro: sin esa gran calma interior jamás habría logrado evadirme. Y, de hecho, quizá deba todo cuanto he llegado a ser a la calma que se apoderó de mí tras esos primeros días allí, en el barco. Aunque esa calma se la debía, a su vez, a la gente del barco.

Eran buenas personas, a pesar de todo. Aún hoy recuerdo con agrado el sonido de sus pesados pasos, que entonces resonaban en mi duermevela. Tenían la costumbre de emprenderlo todo con una lentitud extrema. Si alguno quería frotarse los ojos, levantaba la mano como una pesa. Sus bromas eran soeces, pero entrañables. En sus risas se mezclaba siempre una tos que, si bien sonaba peligrosa, no significaba nada.

Siempre tenían en la boca algo que escupir y les era indiferente hacia dónde escupían. Todo el tiempo se quejaban de que mis pulgas les saltaban encima, aunque nunca llegaron a enfadarse seriamente conmigo por eso; sabían muy bien que las pulgas medraban en mi pelaje y que son saltarinas, y eso les bastaba. A veces unos cuantos se sentaban en semicírculo a mi alrededor cuando no estaban de servicio; casi no hablaban, sino que se arrullaban unos a otros; fumaban sus pipas tumbados sobre los cajones; al menor movimiento mío se daban una palmada en las rodillas, y de vez en cuando alguno cogía una varita y me hacía cosquillas donde me gustaba. Si hoy en día me invitaran a hacer un viaje en aquel barco, seguro que rechazaría la invitación; pero no es menos cierto que no son sólo recuerdos desagradables los que podría evocar del tiempo que pasé allí en el entrepuente.

La calma que me procuró la compañía de esa gente me hizo descartar, sobre todo, cualquier intento de fuga. Desde mi perspectiva actual creo haber barruntado, al menos la necesidad de encontrar una salida si quería seguir viviendo, pero también el hecho de que esa salida no la encontraría en la fuga. No sabría decir si la fuga era factible, aunque creo que sí; para un mono debería ser siempre posible evadirse. Con mis dientes actuales he de tener cuidado hasta para cascar una simple nuez, pero entonces seguro que habría logrado, con el tiempo, abrir a mordiscos la cerradura de la jaula. No lo hice. ¿Qué habría ganado con ello? Nada más asomar la cabeza me habrían vuelto a capturar para encerrarme en una jaula todavía peor; o bien hubiera podido refugiarme sin ser visto donde otros animales, por ejemplo donde las boas gigantes que tenía enfrente, y exhalar el último suspiro abrazado por ellas; o bien, después de haber logrado deslizarme hasta cubierta y saltar por la borda, me habría mecido un ratito en el océano y me habría ahogado.

Actos desesperados. Entonces no calculaba de manera tan humana, pero bajo el influjo de mi entorno me comportaba como si fuera así.

No calculaba, pero sí observaba con toda calma. Veía a esos hombres ir de un lado para otro, siempre las mismas caras, los mismos movimientos, a menudo me parecían ser uno solo. Ese hombre o esos hombres se movían, pues, sin ser molestados. Un gran objetivo se abrió paso dentro de mí.

Nadie me prometió que si me volvía como ellos se alzaría la reja. No se hacen promesas a cambio de cosas que, al parecer, son imposibles de cumplir. Pero si llegan a cumplirse, las promesas surgen justo allí donde antes las habíamos buscado en vano. Ahora bien, esos hombres no tenían en sí nada que me atrajera en particular. De haber sido partidario de esa libertad a la que me he referido, seguro que habría optado por el océano en lugar de la salida que se me ofrecía ante la turbia mirada de aquellos hombres. En cualquier caso, hacía ya tiempo que venía analizándolos, aún antes de pensar en esas cosas, y sólo las observaciones acumuladas acabaron impulsándome en la dirección que adopté.

¡Era tan fácil imitarlos! A escupir aprendí ya en los primeros días. Luego empezamos a escupirnos a la cara unos a otros; la única diferencia era que después yo me la lamía hasta dejarla limpia, y ellos no. Pronto comencé a fumar en pipa como un viejo; y si alguna vez metía el pulgar en la cazoleta, todo el puente estallaba en gritos de júbilo; eso sí, durante mucho tiempo no entendí qué diferencia había entre una pipa vacía y una cargada.

Lo más dificultoso fue para mí la botella de aguardiente.

El olor me repugnaba; hacía todos los esfuerzos posibles, pero pasaron semanas antes de que lograra vencer mi asco.

Curiosamente, ellos se tomaban esas resistencias internas más en serio que cualquier otra cosa en mí. Ya no distingo a aquella gente en mi recuerdo, pero había uno que venía una y otra vez, solo o con amigos, de día, de noche, a las horas más diversas; se instalaba delante de mí con la botella y me daba lecciones. No me comprendía, quería descifrar el enigma de mi existencia. Descorchaba poco a poco la botella y luego me miraba para verificar si había comprendido; confieso que lo observaba siempre con una atención fogosa y precipitada; ningún maestro de hombres encontrará en toda la redondez de la Tierra un aprendiz de hombre semejante; una vez descorchada la botella, se la llevaba a la boca; yo la seguía con mi mirada; él asentía satisfecho, y la posaba sobre los labios; yo, fascinado con mi comprensión gradual, empezaba a rascarme aquí y allá a lo largo y ancho, chillando; él se alegraba, se amorraba al cuello de la botella a la boca y bebía un trago; yo, impaciente y desesperado por imitarlo, me ensuciaba en mi jaula, lo que volvía a causarle una gran satisfacción; y entonces, alejando de sí la botella y elevándola otra vez con gesto enfático, la vaciaba de un trago inclinándose hacia atrás en un exagerado ademán didáctico. Yo, extenuado por la intensidad de mi deseo, ya no podía seguirlo y me colgaba débilmente de los barrotes, mientras él concluía la clase teórica frotándose la barriga y sonriendo con malicia.

Sólo entonces empezó la clase práctica. ¿Acaso no estaba ya demasiado exhausto por la teoría? Pues sí, demasiado exhausto. Era parte de mi destino. Pese a ello agarré como mejor pude la botella que me ofrecían; la descorché temblando; el éxito me dio poco a poco fuerzas renovadas; levanté la botella, casi no se me distinguía ya de mi modelo; me la amorré a la boca y... y la tiré con asco, sí, con asco; aunque estaba vacía y sólo guardaba el olor, la tiré al suelo con asco para gran pesar de mi maestro y para mayor pesar mío. El que después de tirar la botella no olvidara frotarme la barriga como era debido y sonriera con malicia no me reconciliaba con él ni conmigo mismo.

Muy a menudo transcurría así la clase. Y en honor a mi maestro he de decir que nunca se enfadaba conmigo; cierto es que a veces me acercaba la pipa encendida al pelaje hasta que empezaba a chamuscármelo en algún punto al que yo llegaba sólo con dificultad, pero él mismo lo apagaba luego con su mano gigantesca y bondadosa; no se enfadaba conmigo, era consciente de que ambos luchábamos desde el mismo bando contra la naturaleza simiesca y de que yo llevaba la peor parte.

Sea como fuere, qué triunfo tanto para él como para mí cuando una noche, en presencia de un gran círculo de espectadores —tal vez fuera una fiesta, sonaba un gramófono, un oficial se paseaba entre los tripulantes—, cuando esa noche tomé, sin que se dieran cuenta, una botella de aguardiente que alguien había dejado por descuido delante de mi jaula, la descorché como es debido ante la creciente atención del público, me la llevé a la boca y, sin titubear ni hacer muecas, como un bebedor experto, haciendo girar los ojos, palpitante el gaznate, la vacié hasta la última gota; ya no como un desesperado, sino como un artista, tiré luego la botella; cierto es que se me olvidó frotarme la barriga, pero en cambio, dado que no podía evitarlo, dado que algo me impulsaba a hacerlo, dada la embriaguez que aturdía mis sentidos, exclamé sin más ni más: «¡Hola!», emitiendo sonidos humanos y penetrando de un salto en la comunidad de los hombres, al tiempo que sentía su eco —«¡Escuchad! ¡Habla!»— como un beso por todo mi cuerpo empapado en sudor.

Repito: no me atraía la idea de imitar a los hombres; los imitaba porque buscaba una salida, por ningún otro motivo.

Tampoco es que alcanzara demasiado con aquel triunfo. La voz volvió a fallarme enseguida; no la recuperé hasta unos meses más tarde; la aversión hacia la botella de aguardiente aumentó más si cabe. Pero mi dirección me había sido dada de una vez y para siempre.

Cuando en Hamburgo fui entregado a mi primer amaestrador, no tardé en advertir las dos posibilidades que se me abrían: el parque zoológico o el teatro de variedades. No lo dudé. Me dije: «Intenta con todas tus fuerzas estar en el teatro de variedades; ésa es la salida; el parque zoológico es sólo una nueva jaula; si entras allí, estás perdido». Y aprendí, señorías. ¡Ah!, cuando hay que aprender, se aprende; uno aprende cuando quiere encontrar una salida, y aprende sin remilgos. Uno mismo se vigila con el látigo, desgarrándose a la menor resistencia. Mi naturaleza simiesca se precipitó rodando y huyendo con furia fuera de mí, de suerte que mi primer maestro estuvo a punto de volverse él mismo simiesco y tuvo que abandonar muy pronto las clases para ser internado en un manicomio. Por suerte volvió a salir poco después.

Consumí, no obstante, a muchos maestros, incluso a varios al mismo tiempo. Cuando me sentí más seguro de mis capacidades, cuando la opinión pública ya seguía mis progresos y mi futuro empezó a resplandecer, yo mismo recibía a mis maestros, los hacía sentar en cinco habitaciones contiguas y aprendía con todos a la vez, saltando continuamente de una habitación a otra.

¡Qué progresos! ¡Esa irrupción continua de los rayos del saber en el cerebro que despierta! No lo niego: aquello me hacía feliz. Pero confieso asimismo que tampoco lo sobreestimaba, ni entonces ni, menos aún, ahora. Gracias a un esfuerzo que hasta el presente no se ha repetido en el mundo, he llegado a adquirir el grado de cultura media de un europeo.

Esto quizá no sea nada en sí mismo, pero es algo en la medida en que me ayudó a salir de la jaula y me proporcionó esta situación particular, esta existencia humana. Existe en nuestra lengua una expresión excelente: irse a leva y a monte; eso es lo que he hecho, me he ido a leva y a monte. No tenía otra salida, partiendo siempre del supuesto de que no era posible elegir la libertad.

Si echo una ojeada retrospectiva a mi evolución y a lo que ha sido su objetivo hasta ahora, no me quejo ni me declaro satisfecho. Las manos en los bolsillos del pantalón, la botella de vino sobre la mesa, estoy entre tumbado y sentado en una mecedora y miro por la ventana. Si viene una visita, la recibo como es debido. Mi empresario está en el recibidor; cuando toco el timbre viene y escucha lo que tengo que decirle. Por la noche casi siempre hay función, y mis éxitos son difícilmente superables. Cuando regreso a casa a horas avanzadas, después de un banquete, de una reunión científica o de alguna agradable tertulia, me espera una pequeña chimpancé semiamaestrada con la que paso un rato entrañable a la usanza simiesca. De día no quiero verla, pues tiene en la mirada esa locura propia del animal confuso y amaestrado; yo soy el único que me percato y no puedo soportarlo.

En general puedo decir que he logrado lo que pretendía conseguir. Y no se diga que no ha sido beneficioso. Además, no quiero ningún juicio humano, sólo quiero difundir conocimientos y me limito a informar; también a ustedes, ilustrísimos señores académicos, me he limitado a informarles.

Microficciones

Breviario para damas

Cuando uno se adentra en el mundo respirando hondo, como un nadador se lanza al río desde un alto trampolín —confundido primero y después por momentos aturdido, como un niño entrañable que recibe una serie de golpes—, y se adentra en el aire de la distancia llevando siempre hermosas olas al lado, es posible que, como sucede en este libro, deje ir la mirada sin intención alguna y con un objetivo secreto sobre el agua que lo arrastra y que puede beber y que se ha vuelto ilimitada para la cabeza que descansa en su superficie.

Ahora bien, si uno se queda sólo con esta primera impresión, se convencerá de que el autor ha trabajado aquí con una energía literalmente insatisfecha, que da a los movimientos de su incesante espíritu —son demasiado rápidos para dejar ver cierta coherencia— unas aristas de miedo.

Y esto ante una materia que, en el convulsivo desarrollo a que está sometida, recuerda las tentaciones que, espoleadas por los bramidos de invisibles animales del desierto, antaño reanimaban a los eremitas. Sin embargo, esta tentación no se presenta ante el autor como un pequeño cuerpo de ballet en un escenario remoto, sino que se encuentra cerca de él, lo envuelve por todos lados hasta acabar enredado en ella, y antes de que la dama se lo dijera, él ya había escrito: «Pero es necesario amar para poder rendirse con gracia», dijo Annie D, una bella rubia sueca.

Qué visión es ésa en la que el autor nos parece tan implicado en su trabajo, arrastrado por una naturaleza semejante a esas nubes de piedra que alguna vez, en el barroco, suspendían a grupos de santos abrazados en medio de un viento de tormenta. El cielo sobre el que el libro debe abrirse por la mitad y hacia el final, para salvar por él la antigua región, es firme y además transparente.

Nadie insiste, bien se entiende, en que las damas para las que el autor ha escrito vean realmente aquello. Es más que suficiente si, obligadas por el primer párrafo, como ha de ser, sienten que entre sus manos hay un devocionario, uno en especial piadoso. Pues la confesión, como así se llama, sucede en un mueble insólito, sobre el suelo de un espacio insólito y en una media luz que sólo hace real lo que hay en su entorno y arriba y abajo con futuro y pasado, de modo que todos los síes y los noes, los preguntados y los contestados, han de ser medio falsos, sobre todo si son completamente sinceros. Pero ¡cómo podría uno olvidar ahora algún detalle importante bajo la iluminación propia de la medianoche y durante una conversación en voz baja (porque hace calor), cerca de la cama!

Barullo

Estoy sentado en mi habitación, en el cuartel general del ruido en toda la casa. Oigo batir todas las puertas, cuyo estrépito sólo me ahorra los pasos de quienes transitan por ellas, oigo incluso el golpe seco de la puerta del horno en la cocina. Mi padre aparece por la puerta de mi habitación y pasa envuelto en un bata que le arrastra por detrás; en la estufa de la habitación contigua alguien remueve las cenizas; Valli pregunta, gritando palabra tras palabra a través del vestíbulo, si ya han cepillado el sombrero de mi padre; un cuchicheo que quiere ser mi aliado potencia aún más el estruendo de una voz que responde. Alguien abre el cerrojo de la puerta principal, que emite un ruido como de garganta acatarrada y luego se abre con un canto de voz femenina y se cierra finalmente de un empujón seco y viril, que es lo más despiadado de todo. Mi padre se ha marchado, ahora comienza un ruido más tierno, más disperso, más carente de esperanza dirigido por las voces de los dos canarios. Ya me había preguntado antes, y el canto de los canarios me lo vuelve a recordar, si no debiera dejar la puerta entreabierta, deslizarme como una serpiente hasta la habitación de al lado y, una vez allí, pedir desde el suelo a mis hermanas y a su criada que se callen.

Sueño inquebrantable

Ella corría por la carretera, yo no la veía, estaba sentado en el límite del campo, mirando el agua del arroyo. Ella atravesaba los pueblos, había niños en las puertas, mirando hacia ella y siguiéndola con la mirada.

Sueño destrozado

Cierto príncipe antiguo decidió que se apostara un guardián en el mausoleo, justo al lado de los sarcófagos. Algunas personas sensatas se habían declarado contrarios, pero por fin se permitió que el príncipe, cuya voluntad se veía coartada en otros muchos aspectos, satisficiera su capricho. Un inválido de una guerra de un siglo atrás, viudo y padre de tres hijos caídos en la última contienda, se presentó para ocupar el puesto. Lo aceptaron y un alto funcionario de la corte lo acompañó al mausoleo. Una lavandera lo siguió cargando diferentes objetos, todos ellos destinados al guardián. Hasta llegar a la avenida que llevaba directamente al mausoleo, el inválido anduvo al mismo paso que el funcionario a pesar de su pata de palo. A partir de ese momento su paso se volvió vacilante y el hombre carraspeó y empezó a rascarse la pierna izquierda.

—Venga, Friedrich —dijo volviéndose hacia él el funcionario, que había continuado avanzando con la lavandera.

—Me pica la pierna —dijo el inválido con una mueca—, un poco de paciencia, por favor, se me suele pasar enseguida.

Angosto escenario abierto en la parte superior.

Pequeño despacho, una ventana alta, delante la copa pelada de un árbol.

PRÍNCIPE *(reclinado en un sillón frente al escritorio, mirando por la ventana).*

EDECÁN *(barba blanca, embutido en una casaca de aire juvenil, junto a la pared, al lado de la puerta central).*

Breve pausa.

PRÍNCIPE *(apartando la vista de la ventana y dirigiéndose al edecán).* — ¿Y bien?

EDECÁN.— No puedo recomendarlo, Alteza.

PRÍNCIPE.— ¿Por qué?

EDECÁN.— En este momento no puedo expresar con claridad mis reservas; tengo la impresión de que me dejaría muchas cosas en el tintero si me limitara a recordaros una sentencia de valor universal para el género humano: dejemos a los muertos en paz.

PRÍNCIPE.— No pretendo otra cosa.

EDECÁN.— Entonces no lo he entendido correctamente.

PRÍNCIPE.— Eso me parece.

Pausa.

PRÍNCIPE.— Quizá lo único que os causa confusión es el hecho curioso de que, en vez de tomar esta decisión así como así, os la haya comunicado previamente.

EDECÁN.— Desde luego, vuestro anuncio me impone una responsabilidad, y me esfuerzo por estar a su altura.

PRÍNCIPE.— Nada de responsabilidades.

Pausa.

PRÍNCIPE.— Volvamos a empezar. Hasta ahora la vigilancia del mausoleo de Friedrichspark estaba encomendada a un guardián que tiene una caseta a la entrada del parque, donde vive con su familia. ¿Hay alguna objeción a eso?

EDECÁN.— Por supuesto que no. El mausoleo tiene más de cuatro siglos de antigüedad y siempre ha tenido ese tipo de vigilancia.

PRÍNCIPE.— El hecho de que una costumbre sea antigua no la justifica. Pero vos creéis que queda justificada, ¿no es cierto?

EDECÁN.— Es una institución necesaria.

PRÍNCIPE.— Muy bien, una institución necesaria. Bien, he llegado a la conclusión de que no basta con el guardián del parque; es necesario que abajo, en la cripta, también se encuentre un guardián vigilando. Quizá no sea una misión agradable, especialmente cuando la cripta debe de estar siempre cerrada por fuera. Pero, como demuestra la experiencia, siempre hay personas convenientes para cualquier ocupación.

Relato del abuelo

En tiempos del rey León V, que Dios guarde en su gloria, fui guardián del mausoleo del Friedrichspark. Como es de esperar tardé mucho en conseguir el puesto. Recuerdo muy bien la tarde en que, siendo chico de los recados de la Real Vaquería, me mandaron por vez primera a llevarle la leche a la guardia del mausoleo. «Vaya —pensé—, a la guardia del mausoleo.» ¿Acaso sabe alguien lo que es exactamente el mausoleo? Yo, que he sido guardián del mausoleo, debiera saberlo, pero lo cierto es que no lo sé. Y vosotros, que escucháis mi historia, veréis al final cómo, aunque creyerais saber lo que es el mausoleo, habréis de confesar que ya no lo sabéis. Pero por entonces yo no me preocupaba mucho por cosas semejantes; sólo estaba orgulloso de que me mandaran a la guardia del mausoleo. Así que enseguida salí trotando con mi cubo de leche por los senderos que, entre prados cubiertos de niebla, conducían al Friedrichspark. Al llegar ante la cancela me sacudí la pelliza, me limpié las botas, sequé la leche derramada del cubo, llamé y quedé a la espera de acontecimientos, con la frente apoyada en los barrotes. La casa del guardián parecía estar situada en la cima de un pequeño promontorio, entre arbustos. Se abrió una puertecilla por la que brotó una luz, y una mujer muy anciana abrió la puerta de la verja; después de presentarme, para confirmar la veracidad de mi encargo, mostré mi cubo. A continuación me puse a caminar delante de la mujer, pero tan despacio como ella; era muy incómodo, ya que la mujer me agarraba por detrás, y a pesar de lo corto del camino, tenía que detenerse para tomar aliento. Arriba, en un banco de piedra junto a la puerta de la casa, se encontraba sentado un hombre gigantesco, con una pierna sobre la otra, y las manos cruzadas sobre el pecho, la cabeza reclinada hacia atrás y la mirada fija en los arbustos que tenía delante y que le impedían cualquier otra visión. Involuntariamente miré a la mujer con curiosidad.

—Es el mameluco —dijo—, ¿no lo sabes?

Negué con la cabeza y volví a contemplar admirado a aquel hombre, sobre todo su alto gorro en espiral, pero de repente la vieja me empujó hacia el interior de la casa. En una pequeña habitación, sentado a una mesa cubierta de libros muy bien ordenados, había un hombre anciano con bigote que me miraba por debajo del foco de luz de la lámpara de pie. Por supuesto, creí haberme equivocado de camino y me di la vuelta para salir de la habitación, pero la vieja me interceptó el paso y le dijo al hombre:

—El nuevo mozo de la vaquería.

—Ven aquí, renacuajo —dijo el hombre riéndose.

Me senté en un pequeño taburete junto a la mesa y él acercó mucho su cara a la mía. Por desgracia aquel trato tan amable hizo que me volviera un insolente.

El puente

Yo estaba aterido de frío, era un puente tendido sobre un abismo, de un lado tenía enterradas las puntas de los pies, del otro las manos, los dientes los había clavado en una tierra arcillosa y resbaladiza. A mis costados aleteaban los faldones de mi levita. En la profundidad rugía el gélido arroyo lleno de truchas. Ningún turista se aventuraba hasta aquellas abruptas alturas, el puente no constaba todavía en ningún mapa. Me encontraba tendido de esa manera, esperando; tenía que esperar; un puente, una vez se ha construido, no puede dejar de ser puente sin derrumbarse. En una ocasión, un atardecer, no sé si sería el primero o el milésimo, mis pensamientos, desordenados, giraban arremolinándose; era verano, el rumor del arroyo sonaba más grave, y hacia el atardecer oí los pasos de un hombre. Hacia mí, hacia mí. Tiéndete, puente, ejerce tu función, tablón sin asidero, sostén al que te ha sido encomendado, compensa con toda delicadeza las irregularidades de su paso, pero si se tambalea, hazte conocer y arrójalo a tierra como un dios de las montañas. Llegó, me tanteó con la punta metálica de su bastón, con ella me recogió los faldones de la levita y los dobló sobre mi espalda, metió la punta en mi hirsuta cabellera y ahí la dejó largo rato, seguramente mientras oteaba todo el entorno. Pero después —yo ya estaba siguiéndolo en sueños por montañas y valles— saltó sobre mi cuerpo con los dos pies. Me estremecí bajo un dolor tremendo, sin poder entender. ¿Quién era? ¿Un niño? ¿Un gimnasta? ¿Un temerario? ¿Un suicida? ¿Un tentador? ¿Un exterminador? Y me di la vuelta para poder verlo. ¡Un puente que se da la vuelta! Aún no había acabado de girarme cuando ya me derrumbaba, me derrumbaba estando ya destrozado y atravesado por los afilados guijarros que siempre me habían contemplado tan plácidamente desde el agua embravecida.

El cazador Gracchus

Dos niños estaban sentados en el muro del muelle, jugando a los dados. Un hombre estaba leyendo el periódico en los escalones de un monumento, a la sombra del héroe que blandía un sable. Junto a la fuente una chica llenaba un cubo de agua. Un vendedor de fruta estaba echado al lado de su mercancía, mirando hacia el lago. Delante, el tabernero dormitaba sentado a una mesa. Una barca entró flotando y en silencio al pequeño puerto, como si la llevasen cargada por el agua. Un hombre con un blusón azul desembarcó y pasó el cabo por las argollas. Tras el marinero bajaron otros dos hombres, con levitas oscuras de botones de plata, llevando unas angarillas sobre las que yacía aparentemente una persona cubierta por un gran paño de seda deshilachado con flores estampadas.

Nadie en el muelle les dedicó atención a los recién llegados; ni siquiera al bajar las angarillas a tierra se acercó alguien para esperar al capitán, que todavía estaba faenando con las amarras, nadie les preguntó nada, nadie los miró con interés. Al capitán ahora lo retenía una mujer que se veía en cubierta con el pelo suelto y un niño en brazos. Luego se acercó él y señaló hacia una casa amarillenta, de dos plantas, que se alzaba en línea recta, a la izquierda, al borde del agua; los porteadores levantaron la carga y cruzaron con ella la puerta inferior, enmarcada por esbeltas columnas. Un niño abrió una ventana, vio cómo la comparsa desaparecía en el interior de la casa y volvió a cerrar la ventana apresuradamente.

También se cerró la puerta, hecha de pesadas piezas de madera de roble encajadas con esmero.

Una bandada de palomas que hasta ese momento volaban alrededor del campanario se posó en ese momento en la plaza, delante de la casa. Una voló hasta el primer piso y golpeó con el pico en el cristal de la ventana. Se trataba de animales de plumaje claro, vivaces y bien alimentados. La mujer les echó grano desde el barco, trazando un amplio arco, y las palomas, tras picotear, echaron a volar hacia ella.

Un anciano con sombrero de copa y con un brazalete de luto apareció por una de las callejuelas estrechas y empinadas que llevaban al puerto. Miraba con atención alrededor, todo le preocupaba; frunció el ceño al ver que en un rincón había desperdicios; sobre los escalones del monumento había pieles de fruta, y al pasar las echó al suelo con el bastón. Llamó a la puerta de las columnas, mientras se quitaba el sombrero de copa con la mano derecha, metida en un guante negro. Le abrieron de inmediato; unos quince niños formaron dos filas a ambos lados del amplio pasillo y le hicieron reverencias. El capitán de la barca bajó las escaleras, saludó al señor y lo acompañó al primer piso; allí bordearon el patio rodeado por balcones de ligera construcción y, mientras los niños se les agolpaban detrás a una distancia respetuosa, entraron en una gran habitación fresca de la parte trasera de la casa, frente a la cual ya no se veían construcciones, sólo una pared pelada y rocosa de color gris oscuro. Los porteadores estaban ocupados colocando unos grandes cirios a la cabeza de las angarillas y encendiéndolos; pero a pesar de eso no se hizo la luz, sólo lograban ahuyentar las sombras que hasta entonces estaban en reposo para hacerlas danzar por las paredes.

Habían levantado el paño de las angarillas. Allí se hallaba un hombre con el pelo y la barba terriblemente enmarañados y con la piel bronceada, con cierto aire de cazador. Estaba inmóvil, al parecer no respiraba, y tenía los ojos cerrados; sin embargo, nada, excepto su entorno, permitía pensar que se encontrara muerto.

El señor se acercó a las angarillas, tocó con la mano la frente del hombre y luego se arrodilló y se puso a rezar. Con un gesto de la mano, el capitán de la barca ordenó a los porteadores que dejaran la habitación, y éstos salieron, dejaron a los niños que se habían concentrado fuera de la habitación y cerraron la puerta. Pero por lo visto el señor necesitaba todavía más intimidad, pues permaneció mirando al capitán, y éste, entendiendo el gesto, entró en la habitación contigua por una puerta lateral. De inmediato el hombre de las angarillas abrió los ojos, volvió la cara hacia el señor con una sonrisa doliente y le dijo:

—¿Quién eres?

El señor, sin dar señales de sorpresa, abandonó su posición arrodillada, se incorporó y contestó:

—El alcalde de Riva.

El hombre de las angarillas asintió con la cabeza, señaló un sillón con un débil brazo y, cuando el alcalde obedeció a su invitación, dijo:

—Ya lo sabía, señor alcalde, pero de buenas a primeras se me olvida todo, todo me ronda confusamente por la cabeza y es mejor que pregunte, aunque lo sepa todo. Seguramente sabrá usted que soy el cazador Gracchus.

—Desde luego —dijo el alcalde—, me han anunciado esta noche su llegada. Dormíamos desde hacía ya un rato; y en eso, hacia medianoche, dice mi mujer: «Salvatore (así me llamo), mira esa paloma en la ventana». En efecto, se trataba de una paloma, pero del tamaño de un gallo. Voló hasta mi oído y me dijo: «Mañana viene Gracchus, el cazador muerto. Dale la bienvenida en nombre de la ciudad».

El cazador asintió con la cabeza y, sacando la punta de la lengua de entre los labios, dijo:

—También las palomas se me adelantan. Pero ¿cree usted, señor alcalde, que debo permanecer en Riva?

—Todavía no puedo decirle —respondió el alcalde.

—¿Está usted muerto?

—Sí —dijo el cazador—, ya lo ve, hace muchos años, o mejor, muchísimos años, estaba yo en la Selva Negra, en Alemania, cuando me caí desde lo alto de una roca persiguiendo a un gamo. Desde entonces estoy muerto.

—Pero también está vivo, ¿no? —dijo el alcalde.

—En cierto modo —dijo el cazador—, en cierto modo también estoy vivo. Mi barca funeraria perdió su rumbo, un golpe erróneo de timón, un instante de distracción del barquero, atraído quizá por las bellezas de mi país; en fin, no sé qué sucedió, sólo sé que permanecí en tierra y desde entonces mi barca navega por aguas terrenales. Y así, yo, que sólo aspiraba a vivir en mis montañas, voy viajando tras la muerte por todos los países del mundo.

—¿Y no tiene usted ninguna relación con el más allá? —preguntó el alcalde con la frente fruncida.

—Me encuentro siempre —respondió el alcalde— en la gran escalinata que conduce a lo alto. Voy desplazándome por esa escalinata de anchura infinita, a veces hacia arriba, a veces hacia abajo, a veces hacia la derecha, a veces hacia la izquierda, siempre en movimiento. A veces tomo el impulso que me es posible y veo la luz del alto portal, pero entonces me despierto en mi vieja barca, flotando tediosamente a la deriva por las aguas terrenales. El gran error de mi muerte me mira burlón desde todas las paredes de mi camarote; Julia, la esposa del capitán, toca en la puerta y me trae a las angarillas el plato matinal propio del país por cuyas costas navegamos.

—Un destino atroz —dijo el alcalde levantando la mano con el gesto de ahuyentar de sí semejante situación.

—¿Y usted no tiene la culpa de nada?

—¿La culpa? En absoluto —dijo el cazador—. Era cazador, ¿qué culpa hay en ello? Cumplía mi ocupación de cazador en la Selva Negra, donde entonces abundaban los lobos. Los acechaba, les disparaba, los abatía, los desollaba, ¿qué culpa hay en eso? Mi trabajo era bendecido. «El gran cazador de la Selva Negra», me llamaban. ¿Qué culpa hay en eso?

—Yo no soy nadie para decirlo —dijo el alcalde—, aunque a mí tampoco me parece que haya en eso ninguna culpa. Pero entonces, ¿quién es el culpable?

—El barquero —dijo el cazador.

El jinete del cubo

Acabado el carbón; vacío el cubo; la pala pierde su sentido; exhalando frío la estufa; frente a la ventana árboles ateridos por la escarcha; el cielo, un escudo de plata opuesto a quien le demanda ayuda. Debo conseguir carbón; no puedo morirme de frío; detrás de mí la estufa inmisericorde, delante de mí un cielo que también lo es; por lo tanto he de cabalgar a buen ritmo entre los dos y, en el centro, pedirle ayuda al carbonero. Pero éste ya se ha vuelto insensible a mis súplicas habituales; tendré que demostrarle con toda precisión que no me queda ni una sola carbonilla y que él es para mí, por consiguiente, el sol en el firmamento. Tendré que ir como el mendigo que, resoplando de hambre, quiere morir en el zaguán y al que por ese motivo la cocinera de los señores decide darle el poso del último café; del mismo modo, furioso, pero bajo el anatema del mandamiento «¡No matarás!», el carbonero habrá de echarme una paletada en el cubo.

Ya mi aparición ha de ser fundamental; por eso iré montado en el cubo. Como jinete del cubo, la mano en alto agarrada al asa, la más sencilla de las riendas, voy girando al bajar dificultosamente la escalera; pero una vez abajo el cubo se vuelve espléndido; no más hermosos se levantan los camellos bajo la vara del guía, los camellos que poco antes yacían pegados al suelo. Por la calle helada el trote es harmonioso; a menudo me elevo a la altura de los primeros pisos; jamás desciendo hasta las puertas de entrada. Y a una altura inesperada planeo frente al sótano abovedado del carbonero, que está escribiendo, agazapado, en su mesita, al fondo de todo; para dar salida al calor excesivo ha dejado la puerta abierta.

—¡Carbonero! —exclamo con una voz hueca y quemada por el frío, envuelto en las nubes de vaho de mi aliento—, por favor, carbonero, dame un poco de carbón. Mi cubo está tan vacío que puedo cabalgar sobre él. Sé bueno. Te pagaré en cuanto pueda.

El carbonero se lleva la mano al oído.

—¿He oído bien? —pregunta por encima del hombro a su mujer, quien teje sentada en el banco de la estufa—, ¿he oído bien? Un cliente.

—Yo no oigo nada —dice la mujer respirando con calma sobre las agujas de tejer, con un agradable calor en la espalda.

—¡Sí! —exclamo—, soy yo; un antiguo cliente; fiel y devoto; sólo que temporalmente sin recursos.

—Mujer —dice el carbonero—, allí hay alguien; no puedo equivocarme hasta tal punto; tiene que ser un cliente antiguo, muy antiguo, para que logre hablarme tan directamente al corazón.

—¿Qué te pasa, esposo mío? —dice la mujer y, deteniéndose un instante, oprime la labor contra el pecho—. No hay nadie; la calle está vacía; nuestros clientes están todos bien provistos; podríamos cerrar el negocio unos cuatro días y descansar.

—Pero si estoy aquí sentado sobre el cubo —exclamo, y mis ojos quedan velados por insensibles lágrimas de frío—. Levanten la mirada por favor; enseguida me descubrirán; les pido una paletada llena; y si me dan dos me harán más que feliz. Los demás clientes están todos provistos. ¡Ah, si pudiera oír la paletada resonar en el cubo!

—Voy —dice el carbonero, e intenta subir la escalera con sus piernas cortas, pero la mujer ya está a su lado, lo detiene con firmeza por el brazo y dice—: Tú te quedas. Si insistes en ser obstinado, ya subiré yo. Recuerda tus accesos de tos esta noche pasada. Y es que por un negocio, aunque sea imaginario, olvidas mujer e hijos y sacrificas tus pulmones. Iré yo.

—En ese caso dile los diferentes tipos de carbón que tenemos en el almacén. Yo le gritaré los precios.

—Bien —dice la mujer, y sube hasta la calle. Por supuesto que me ve enseguida.

—Señora carbonera —exclamo—, mi más cordial saludo; sólo una paletada de carbón; aquí, en este cubo; yo mismo me la llevaré a casa; una paletada del peor que tenga. Por supuesto que se la pagaré toda, pero no enseguida, no enseguida.

—¡Qué tañido de campanas son las dos palabras «no enseguida» y cuán perturbadoramente se mezclan con el repique vespertino que llega del vecino campanario!

—¿Qué es lo que quiere? —exclama el carbonero.

—Nada —le responde la mujer—, aquí no hay nada; no veo nada ni oigo nada; sólo están dando las seis y vamos a cerrar. Hace un frío terrible; tal vez mañana tengamos mucho trabajo.

No ve nada, no oye nada, pero la carbonera se desata la cinta del delantal e intenta ahuyentarme con él. Por desgracia lo consigue. Mi cubo tiene todas las ventajas de una buena cabalgadura; carece, eso sí, de resistencia; es demasiado ligero; un delantal femenino le hace elevar las patas del suelo.

—¡Malvada! —consigo gritarle aún, mientras ella, regresando a la tienda, golpea el aire con la mano—. ¡Malvada! Te he pedido una paletada del peor carbón y no me lo has dado.

Y después de decirle esto asciendo hacia la región de las montañas heladas y me pierdo de vista para siempre.

Un golpe en la puerta de la granja

Era verano, un día caluroso. De camino a casa de mi hermana pasamos por delante de la puerta de una granja. No sé con exactitud lo que sucedió: si ella la golpeó por capricho o por distracción, o si quizá se limitó a amenazarla con el puño, sin llegar a golpearla. Cien pasos más allá, junto a la carretera que se desviaba hacia la izquierda, se extendía un pueblo. No lo conocíamos, pero lo cierto es que de las primeras casas salieron unas personas que nos hicieron signos, con gesto amistoso pero de advertencia; parecían asustadas, más exactamente, encogidas por el miedo. Señalando hacia la granja que habíamos dejado atrás, nos recordaron el golpe que mi hermana había dado en la puerta. Los propietarios de la granja, nos dijeron, iban a denunciarnos, y la investigación daría comienzo de inmediato. Yo me encontraba muy tranquilo, y calmé a mi hermana. Con seguridad no había llegado a dar tal golpe, y qué importancia tenía si lo había dado: no hay lugar en el mundo en que te lleven a juicio por algo así. Intenté que lo comprendieran las personas que nos rodeaban, y me escucharon, pero optaron por no pronunciarse. Luego añadieron que los de la granja no sólo iban a denunciar a mi hermana, sino que a mí también, por ser su hermano. Asentí con la cabeza, sonriendo. Todos volvimos la vista hacia la granja igual que se contempla una columna de humo lejana, esperando ver aparecer la llama. Y, en efecto, pronto vimos a unos jinetes entrando por el portón abierto de par en par; se levantó una polvareda que lo invadió todo, dejando sólo ver el resplandor de las puntas de las altas lanzas. Y apenas la tropa desapareció en el interior de la granja, pareció como si hicieran volver a los caballos, y ya pusieran dirección hacia nosotros. Mandé alejarse a mi hermana con la idea de aclararlo todo yo solo, pero ella se negó a dejarme; le dije que por lo menos se cambiase de ropa para dejarse ver mejor vestida ante los señores. Y me hizo caso, emprendió el largo camino que llevaba a casa. Los jinetes ya estaban junto a nosotros; sin siquiera descabalgar preguntaron por mi hermana; les respondieron con temor que en ese momento no se encontraba allí, pero que vendría más tarde. La respuesta fue recibida casi con indiferencia; parecían darse por satisfechos con haberme encontrado a mí. Eran fundamentalmente dos señores, el juez, un hombre joven y vivaz, y su silencioso ayudante, al que llamaban Assmann. Me ordenaron entrar en la casa de los campesinos. Despacio, moviendo la cabeza, tensando los tirantes, caminé ante la atenta mirada de los señores. Aún estaba casi seguro de que una palabra bastaría para librarme, incluso con honores, de aquella turba de campesinos; al fin y al cabo yo provenía de la ciudad. Pero en cuanto pasé el umbral de la casa, el juez, que se había adelantado y ya me esperaba dentro, dijo: «Este hombre me apena». No había la menor duda de que con eso no se refería a mi estado actual, sino a lo que me esperaba. La casa se parecía más a una celda que a una granja de campesinos. Grandes lajas de piedra, pared oscura de color gris oscuro, una argolla metálica empotrada en la pared, y en el centro algo que lucía mezcla de catre y mesa de operaciones.

¿Sería posible saborear otro aire que no fuera el de la cárcel? Ésa es la gran pregunta, o mejor dicho, lo sería si tuviese alguna probabilidad de ser liberado.

El vecino

El peso de mi negocio recae enteramente sobre mí. Dos empleadas en la antesala, con máquinas de escribir y libros de contabilidad, y mi despacho, con su escritorio, la caja, la mesa para recibir visitas, el sillón orejero y el teléfono, son todo mi equipo de trabajo. Como se ve, es fácil de controlar y fácil de dirigir. Soy joven y los negocios me van a pedir de boca; no me quejo. A principios de año un joven alquiló sin pensárselo mucho un pequeño piso vacío contiguo al mío, que yo, torpemente, había dudado largo tiempo en alquilar. También era un despacho con antesala, pero además con cocina. El despacho y la antesala habría podido aprovecharlos —mis dos empleadas a veces se sienten desbordadas—, aunque para qué me habría servido la cocina. Por culpa de esa duda mezquina me dejé arrebatar el piso de al lado. Y ahora está instalado en él ese joven. Se llama Harras. No sé con exactitud qué es lo que hace allí. En la puerta sólo pone «Harras, Oficina». He hecho algunas investigaciones y me han contado que se trata de un negocio parecido al mío, que no tiene motivo alguno para que le nieguen un crédito, pues se trata de un hombre joven y ambicioso cuyo negocio tiene buenas perspectivas, pero tampoco parece aconsejable concedérselo, ya que por el momento, según todo indica, carece de patrimonio. Es la información que suele darse cuando no se sabe nada. A veces me cruzo con Harras en la escalera; hasta ahora no he podido observarlo con detenimiento, pues por lo visto siempre tiene muchísima prisa, pasa a mi lado a toda velocidad con la llave de la oficina ya en la mano, y en un abrir y cerrar de ojos abre la puerta y se desliza dentro como la cola de una rata, así que me encuentro de nuevo delante del cartel «Harras, Oficina», que ya he leído muchas más veces de las que merece. Unas paredes tan penosamente delgadas como las nuestras delatan al hombre activo, pero ocultan al inmoral. Tengo el teléfono instalado en la pared que me separa de mi vecino, pero esto lo destaco como hecho especialmente irónico, ya que aunque se encontrara en la pared opuesta, en el piso de al lado se oiría todo de igual manera. He tomado la costumbre de no pronunciar en voz alta el nombre de los clientes con los que hablo por teléfono; pero de todas formas no es necesario ser demasiado listo para adivinar los nombres a partir de ciertos giros característicos pero inevitables de la conversación. A veces, con el auricular al oído, bailo de puntillas en torno al aparato acuciado por la inquietud, y pese a ello no puedo evitar revelar algún secreto. Por culpa de eso, cuando hablo por teléfono mis decisiones sobre negocios se vuelven más inseguras y mi voz más temblorosa. ¿Qué hace Harras mientras yo hablo por teléfono? Exagerando mucho, lo que es necesario para ver las cosas con claridad, podría aseverar que Harras no necesita teléfono, ya que usa el mío; tiene el sofá pegado a la pared y se dedica a escuchar; yo, en cambio, cuando suena el teléfono tengo que echar a correr, anotar los pedidos del cliente, tomar decisiones trascendentales, desentrañar minuciosas explicaciones para convencer al cliente, y sobre todo, mientras, rendir involuntarias cuentas a Harras a través de la pared. Puede que ni espere el final de la conversación, y que en cuanto ha escuchado lo suficiente para saber de qué se trata, se levante, eche a correr por la ciudad, como es habitual en él, y antes de que yo haya colgado el auricular, ya esté trabajando contra mí.

Un cruzamiento

Tengo un animal singular, medio gatito, medio cordero. Es una herencia de las posesiones de mi padre. Pero no se ha desarrollado hasta estar en mi poder, antes tenía más de cordero que de gatito, ahora tiene de ambos más o menos lo mismo. De gato, cabeza y garras; de cordero, tamaño y configuración; de ambos, los ojos, que son relampagueantes, las manos, el pelaje, que es suave y espeso, los movimientos, tan inquietos y escurridizos. Echado al sol, en el alféizar de la ventana, se ovilla y ronronea, en el prado corre enloquecido y es difícil de agarrar, huye de los gatos, quiere topar con los corderos. En noches de luna su camino preferido es el borde del tejado, no sabe maullar y las ratas le producen horror. Junto al gallinero puede estarse horas al acecho, pero aún no ha aprovechado la menor oportunidad de crimen. Lo alimento con dulce leche que es lo que mejor le sienta, la ingiere a grandes sorbos entre sus dientes de animal de presa. Naturalmente, es un gran espectáculo para los niños. El domingo por la mañana es el momento de las visitas, me pongo el animal en el regazo y todos los niños del vecindario se colocan alrededor. Entonces es cuando hacen las preguntas más sorprendentes, aquellas que nadie puede contestar. No me esfuerzo mucho en responder, y sin más explicaciones me basta con enseñar lo que tengo. A veces los niños traen gatos, en una ocasión trajeron incluso dos corderos; bien al contrario de lo que se esperaban no se dieron escenas de reconocimiento mutuo, los animales se miraron tranquilamente a sus ojos de animales y cada uno se tomó a sí mismo como un acontecimiento divino.

En mi regazo el animal no conoce ni miedo ni delirio de persecución.

Pegado a mí es como se siente mejor. Pertenece a la familia que lo ha criado. No se trata de ningún tipo extraordinario de fidelidad, más bien es el instinto de un animal que tiene en el mundo incontables parientes, pero ningún parentesco de sangre, y por eso la protección que ha encontrado en nuestra casa es para él sagrada. A veces tengo que reírme cuando me olisquea por todas partes, se me instala entre las piernas y no hay modo de que se separe de mí. No contento con ser a la vez cordero y gato, quiere ser también un perro. Y esto lo puedo asegurar. Tiene dos tipos de inquietudes en su interior, la de gato y la de cordero, por muy diferentes que puedan parecer. Por eso la piel se le queda estrecha. Quizá el cuchillo del carnicero sea para este animal una liberación que le tengo que negar por tratarse de una herencia.

Un enredo cotidiano

Un suceso cotidiano: soportarlo, un heroísmo cotidiano. A está a punto de cerrar un negocio importante con B, que vive en H. A se dirige a H para tratar los preliminares, y recorre el camino de ida y vuelta en diez minutos respectivamente; al llegar a casa se pavonea de semejante rapidez. Al día siguiente se dirige de nuevo a H, para fijar de forma concluyente el acuerdo. Sabiendo que la operación pudiera durar, previsiblemente, varias horas, A sale de su casa a primera hora de la mañana. Sin embargo, a pesar de que todas las circunstancias, al menos desde el punto de vista de A, son idénticas a las del día anterior, esta vez emplea diez horas en hacer el recorrido. Por la tarde, al llegar fatigado a H, le dicen que B, molesto por su ausencia, se fue a alcanzarlo a su pueblo, y debieran haberse cruzado por el camino. Le recomiendan que espere. A, temiendo por el negocio, se pone en marcha de inmediato y se dirige con prisa hacia su casa. Esta vez recorre el camino en un instante, sin prestarle mucha atención. Una vez en casa le comunican que B ya ha venido a primera hora de la mañana, justo al salir A, y que incluso se han cruzado en la puerta de casa, donde B le ha recordado el negocio que tenían pendiente, pero A le ha dicho que no tenía tiempo, que tenía que salir a toda prisa. A pesar de ese comportamiento incomprensible de A, B ha optado por quedarse ahí para esperarle. Aunque ha preguntado varias veces si A ya había llegado, todavía se halla arriba, en la habitación de A. Contento de poder hablar pese a todo con B y explicarle lo sucedido, A echa a correr por las escaleras. Cuando está a punto de llegar arriba tropieza, sufre un esguince y, casi desmayándose de dolor, incapaz incluso de gritar, gimiendo en la oscuridad, oye cómo B —no sabe si en la distancia o justo a su lado— baja la escalera enfurecido, con fuertes pisadas, y desaparece para siempre.

El silencio de las sirenas

Demostración de que con medios insuficientes, incluso pueriles, también te puede llegar la salvación.

Para protegerse de las sirenas Odiseo se taponó los oídos con cera y se hizo encadenar al mástil. Lógicamente, todos los viajeros anteriores a él (excepto aquellos a los que las sirenas atraían desde la distancia) podrían haber hecho algo parecido, pero todo el mundo sabía que hubiera sido en vano. El canto de las sirenas lo traspasaba todo, hasta la cera, y las víctimas de su seducción habrían hecho saltar, en su apasionamiento, las cadenas, el mástil, y cualquier otra cosa. Sin embargo, Odiseo había oído hablar de eso, hizo caso omiso, y confiando por completo en un poco de cera y un manojo de cadenas, puso rumbo a las sirenas alardeando ingenuamente de su truco.

Pero resulta que las sirenas tienen un arma aún más terrible que su canto: su silencio. Cabe imaginar, aunque nunca ha sucedido, que alguien pudiera escapar a los efectos de su canto; pero a los de su silencio jamás. Nada terrenal puede resistirse a la sensación de haber sido capaz de doblegarlas y a la consiguiente soberbia, que lo arrastra todo.

Y en efecto, cuando Odiseo llegó, aquellas formidables cantoras no cantaron, fuera porque creyeran que ante semejante rival no había otra arma posible que el silencio, fuera porque al contemplar la felicidad en el rostro de Odiseo, que no pensaba en otra cosa que en la cera y las cadenas, se olvidaron por completo de cantar.

Sin embargo, Odiseo no escuchó su silencio, si puede decirse así; creyó que cantaban pero que él, al estar protegido no las oía; al principio por un momento las vio arquear el cuello y respirar hondo, vio sus ojos llenos de lágrimas y sus bocas semiabiertas, pero creyó que todo esto era parte de las arias que cantaban sin ser oídas. Pronto, sin embargo, su mirada se fijó en la lejanía y se volvió insensible a todo aquello; fue como si las sirenas se esfumasen para él, y en el momento en que las tenía más cercanas, las perdió totalmente de vista.

Mientras tanto, más bellas que nunca, se estiraban y contorsionaban, dejaban ondear al viento sus sorprendentes cabelleras, extendían sus garras abiertas sobre las rocas, y ya no pretendían seducir, sólo llevar hasta el límite el brillo de los ojos de Odiseo.

Si las sirenas tuvieran conciencia, habrían quedado aniquiladas, pero como no es así, sobrevivieron, aunque Odiseo se les escapara.

Por lo demás, hay alguien que añade un detalle a esta historia. Se cuenta que Odiseo era tan astuto, tan ladino, que ni siquiera la diosa del hado podía penetrar en su interior, e incluso, aunque parece imposible de entender para la mente humana, sí se dio cuenta de que las sirenas estaban calladas, pero, para salvarse, fingió, de cara a ellas y a los dioses, lo que acabamos de contar.

Prometeo

La leyenda intenta explicar lo inexplicable; dado que parte de un fundamento de verdad, ha de acabar de nuevo en lo inexplicable.

Sobre Prometeo existen cuatro leyendas. La primera dice que por haber traicionado a los dioses para favorecer a los humanos, aquellos lo encadenaron a una roca en el Cáucaso y enviaron a unas águilas para que le devoraran el hígado, que volvía a crecerle una y otra vez.

Dice la segunda que Prometeo, queriendo evitar el dolor que le producían los picotazos, se apretó cada vez más contra el peñasco hasta fundirse en él.

Según la tercera, con el paso de los milenios su traición cayó en el olvido, los dioses se olvidaron de él, las águilas también, y hasta él mismo.

Según la cuarta, todos se olvidaron de aquella historia que ya carecía de fundamento. Los dioses se cansaron, las águilas también. La herida, cansada, se cerró.

Quedó el peñasco inexplicable.

Poseidón

Poseidón hacía cálculos sentado a su escritorio. La administración de todas las aguas le daba un trabajo infinito. Podía disponer de cuantos colaboradores quisiera y, en efecto, tenía muchos, pero como se tomaba su cargo muy en serio, volvía a calcularlo todo, de modo que de poco le servían los colaboradores. No podía afirmarse que su trabajo le resultara placentero; de hecho sólo lo realizaba porque le había sido impuesto, y lo cierto es que ya en varias ocasiones había solicitado un trabajo más ameno, como solía decirse, pero cada vez que se le hacían diversas propuestas se demostraba que, a pesar de todo, nada le gustaba tanto como el cargo desempeñado hasta entonces. Por cierto, era muy difícil conseguirle algo diferente. Y lo que resultaba imposible, desde luego, era asignarle un mar determinado, pues con indiferencia de que en tal caso los trabajos de cálculo no serían menores, sino más minuciosos, al gran Poseidón sólo se le podía adjudicar, como mínimo, un puesto de mando. Cuando se le ofrecía un puesto fuera del medio acuático, la mera idea le producía malestar, su respiración divina se demudaba, su férreo torso se agitaba. Además, sus quejas no eran tomadas en serio, a decir verdad; cuando un poderoso castiga, es preciso ceder en apariencia, aunque el tema no tenga el aspecto de poderse solucionar; nadie pensaba en realidad en desposeer a Poseidón de su puesto, había sido nombrado dios de los mares en los orígenes, y así debía continuar.

Cuando más se enfadaba —y ésta era la primera causa de descontento en el trabajo— era cuando se enteraba de la idea que se hacían de él, pues le imaginaban con tridente, surcando sin cesar las olas montado en su carro. Lo cierto es que permanecía sentado en el fondo del océano y no cesaba de hacer cálculos; algún viaje para visitar a Júpiter era la única interrupción de su monotonía, un viaje, por cierto, del que casi siempre regresaba furioso. Así pues, apenas había visto los mares, sólo con apresuramiento durante sus viajes al Olimpo, y nunca los había recorrido de verdad. Solía decir que esperaría hasta el fin del mundo, que entonces con seguridad se daría un momento de calma que aprovecharía para, poco antes del final, después de revisar la última cuenta, realizar a toda prisa una breve gira.

El escudo de la ciudad

Al inicio, cuando se construía la torre de Babel, todo se desarrollaba en un orden aceptable; sí, el orden era quizá excesivo, se pensaba demasiado en señalizaciones de los caminos, intérpretes, alojamientos para los obreros y vías de comunicación, como si se tuvieran siglos por delante para trabajar en libertad. La opinión general entonces llegaba a sostener incluso que no se construía con suficiente lentitud; no hacía falta exagerar demasiado dicha opinión para reconsiderar la mera posibilidad de poner los cimientos. En concreto, se argumentaba del siguiente modo: lo fundamental de la cuestión es construir una torre que llegue al cielo. Al lado de esa propuesta, lo demás acaba resultando secundario. Una vez entendida en toda su amplitud, la idea ya no puede desaparecer; mientras haya seres humanos, existirá el deseo de concluir la construcción de la torre. Así pues, no es preciso preocuparse por el futuro; al contrario, el saber de la humanidad va en aumento, la arquitectura hace progresos y seguirá haciendo progresos, y un trabajo para el que necesitamos todo un año, dentro de un siglo quizá pueda resolverse en medio año y, mejor aún, de forma más perdurable. Así, ¿para qué extenuarse y llevar las fuerzas al límite? Algo así sólo tendría sentido si se pensara levantar la torre en el período de una generación. Pero en eso no se puede confiar de ninguna manera. Antes bien, cabe imaginar que la siguiente generación, con conocimientos perfeccionados, considere insuficiente el trabajo de la generación anterior y derribe lo construido para empezar de nuevo. Tales reflexiones acaban con las fuerzas, y más que de la construcción de la torre, la gente se ocupaba de construir la ciudad de los obreros. Cada agrupación regional quería tener el barrio más bonito, por lo que se producían altercados que aumentaban hasta acabar en sangrientos combates. Esos combates ya no tuvieron fin; para los líderes supusieron un nuevo argumento para afirmar que la torre, a falta de la necesaria concentración, sólo debía construirse con suma lentitud, o que más adecuado sería ponerse después del acuerdo total de paz. Sin embargo, no todo el tiempo se dedicaba a los combates, en las pausas se embellecía la ciudad, lo cual no dejaba de provocar nuevas envidias y nuevos combates. Así pasó el período de la primera generación, pero ninguna de las siguientes fue distinta, sólo la destreza no cesaba de aumentar, y en consecuencia, la belicosidad. A ello se sumó que la segunda o tercera generación reconocieron la insensatez de construir la torre celestial, pero ya estaban todos demasiado interrelacionados como para abandonar la ciudad.

Todas las leyendas y canciones surgidas de esa ciudad destacan el anhelo de un día anunciado, en el que acabará destruida por un puño gigantesco, en cinco golpes consecutivos, que se sucederán en breves intervalos. Por eso tiene la ciudad un puño en su escudo.

Comunidad

Somos cinco amigos; una vez salimos uno detrás del otro de una casa, primero salió uno y se situó junto al portal, luego salió el segundo por la puerta o, mejor dicho, se deslizó con la ligereza de una gota de mercurio y se colocó a escasa distancia del primero, luego el tercero, luego el cuarto, luego el quinto. Al final formábamos todos una fila. La gente descubrió nuestra presencia, nos señaló y dijo: los cinco acaban de abandonar esta casa. Desde entonces vivimos juntos; sería una vida tranquila si no se inmiscuyese siempre un sexto. No nos hace nada, pero nos resulta molesto, que ya es mucho; ¿por qué se mete donde nadie lo llama? No lo conocemos ni queremos aceptarlo entre nosotros. De hecho, los cinco tampoco nos conocíamos antes ni nos conocemos ahora, a decir verdad, pero lo que es posible y está tolerado entre nosotros cinco, no es posible ni está tolerado en el caso de un sexto. Además, somos cinco y no queremos ser seis. ¿Qué sentido podría tener esa perpetua convivencia? La de nosotros cinco carece de sentido, pero ya que estamos juntos, así seguimos y no queremos una nueva adhesión, precisamente debido a nuestras experiencias. Ahora bien, ¿cómo dar a entender todo esto al sexto? Como largas explicaciones sería lo mismo que aceptarlo en nuestro círculo, preferimos no explicar nada y simplemente no lo aceptamos. Por mucho que frunza los labios, lo apartamos con los codos, aunque por mucho que lo apartemos, él vuelve.

De noche

Sumido en la noche, así como uno a veces inclina la cabeza para poder reflexionar y se sume plenamente en la noche. Los hombres duermen alrededor. Se trata de una pequeña farsa, un inocente autoengaño, pensar que duermen en casas, en sólidas camas bajo sólidos techos, estirados o encogidos sobre colchones, envueltos en telas o cubiertos con mantas; en realidad se han concentrado, como hicieran en su día y como harán más tarde, en la región abandonada, levantando un campamento al aire libre; es un número incontable de personas, un ejército, un pueblo, todos bajo el cielo frío sobre la tierra fría, tirados ahí donde antes se encontraban incorporados, con la frente apoyada en el brazo, con el rostro mirando al suelo, respirando con tranquilidad. Y tú velas, eres uno de los vigilantes; agitando una rama ardiente que tomas del montón de leña menuda que hay a tu lado adviertes al siguiente vigilante. ¿Por qué velas? Alguien tiene que velar, dicen. Alguien tiene que estar ahí.

La columna se pone en marcha

La columna está en marcha. La luna que vuela tras las nubes.

La prueba

Soy un sirviente, pero no hay trabajo para mí. Hombre tímido, no sé abrirme paso a la fuerza; a decir verdad ni siquiera me abro paso para ponerme en la misma fila que los otros, pero ésta es sólo una de las causas de mi preocupación, y puede que hasta nada tenga que ver con ella; la principal causa es, en todo caso, el hecho de que no me llamen para realizar ningún servicio; otros han sido llamados sin haberlo solicitado más que yo, y hasta puede que no abrigasen el deseo de ser llamados, mientras que yo a menudo lo siento con mucha intensidad.

Permanezco, tumbado en el catre, en el cuarto de la servidumbre, contemplando las vigas del techo, durmiendo, despertándome y volviéndome a dormir. A veces cruzo a la fonda de enfrente, donde sirven una cerveza agria, que en ocasiones he derramado por el asco que me producía, y que siempre vuelvo a beber. Me gusta estar allí sentado, ya que a través del ventanuco cerrado puedo contemplar las ventanas de nuestra casa sin ser descubierto por nadie. No se ve mucho, desde luego, a la calle sólo dan, creo, las ventanas de los pasillos, y desde luego, no los pasillos que dan a las estancias de los señores. También es posible que me equivoque, pero alguien lo confirmó en una oportunidad sin que yo lo preguntase y la impresión general de la fachada lo confirma. Pocas veces se abren las ventanas, y cuando eso ocurre, lo hace un sirviente que aprovecha la ocasión, claro está, para apoyarse en el alféizar y contemplar un rato la calle. Son, pues, pasillos donde no se corre el riesgo de ser sorprendido. Por cierto, no conozco a esos sirvientes; los sirvientes ocupados de forma permanente arriba duermen en otro sitio, no en mi cuarto.

Un día que entré en la fonda había un cliente sentado en mi puesto de observación. No me atreví a mirar directamente y, aún en el umbral, me dispuse a darme la vuelta y marcharme. Pero el cliente me llamó, y demostró ser un sirviente a quien ya había visto en algún lugar pero con quien no había hablado hasta entonces.

—¿Por qué quieres despedirte? Siéntate aquí y bebe. Yo invito.

Así que me senté. Me hizo algunas preguntas, pero no fui capaz de responderlas; a decir verdad, ni siquiera las entendía. Por eso dije:

—Tal vez te arrepientas ahora de haberme llamado.

Y me dispuse a partir. Pero él me tomó la mano por encima de la mesa y me obligó a sentarme.

—Quédate —dijo—, esto sólo ha sido una prueba. Quien no responde a las preguntas ha superado la prueba.

El buitre

Érase un buitre que me daba picotazos en los pies. Me había roto las botas y desgarrado los calcetines y comenzaba a picotearme incluso los mismos pies. Siempre atacaba primero, daba varias vueltas volando, inquieto, en torno a mí, y a continuación volvía con las mismas. Pasó un hombre, se quedó mirando un rato la escena y acto seguido preguntó por qué motivo toleraba yo al buitre.

—Estoy indefenso —dije—. Llegó y se puso a picotear; lo quise ahuyentar, como es lógico, incluso intenté estrangularlo, pero un animal como éste tiene mucha fuerza, y hasta quiso saltarme a la cara, de manera que opté por sacrificar los pies. Ya están desgarrados casi del todo.

—Que se deje usted torturar así... —dijo el hombre—, un disparo y se acaba con el buitre.

—¿Le parece? —pregunté—. ¿Quiere usted encargarse de hacerlo?

—Encantado —respondió el hombre—, sólo he de regresar a casa para recoger la escopeta. ¿Puede usted esperar media hora más?

—No lo sé —dije, y me quedé por un momento rígido por el dolor, luego añadí—: Por favor, inténtelo en todo caso.

—Bueno —dijo el hombre—, me daré prisa.

El buitre había escuchado con calma la conversación, paseando la mirada entre el hombre y yo. Comprendí que lo había entendido todo; levantó el vuelo, se inclinó hacia atrás, lo suficiente para tomar impulso y luego, como un lanzador de jabalina, clavó el pico a través de mi boca en lo más hondo de mí. Cayendo hacia atrás, sentí, liberado, que se ahogaba irremediablemente en mi sangre, sangre que llenaba todas las honduras, inundaba todas las riberas.

Lámparas nuevas

Ayer fui por primera vez a las oficinas de la dirección.

Los del turno de noche me han elegido como representante, y como la calidad y el mantenimiento de nuestras lámparas es insuficiente, me pidieron que subiera a anunciar tal deficiencia. Me mostraron el camino al despacho del departamento responsable de tales asuntos, llamé a la puerta y entré.

Un joven delicado, muy pálido, me sonrió desde su gran escritorio. Asintió muchas veces con la cabeza, demasiadas incluso. Yo no sabía si debía sentarme; había un sillón dispuesto para ello, pero pensé que en mi primera visita no convenía que me sentase nada más llegar, así que le di cuenta del caso de pie. Pero estaba claro que precisamente esa muestra de prudencia provocaba molestias al joven, pues se veía obligado a torcer la cabeza hacia mí y levantarla, a no ser que moviera su sillón, y esto no parecía dispuesto a hacerlo. Pese a sus buenas intenciones, no acababa de girar por completo el cuello, por lo que, mientras yo hablaba miraba de soslayo hacia el techo, y yo, sin quererlo, también.

Cuando acabé, se incorporó despacio, me dio una palmada en el hombro, me dijo:

—Bien, bien... Bien, bien.

Y me acompañó al despacho vecino, donde había un señor de barba grande y desaseada que parecía estar esperándonos, pues en su mesa no se veía el más mínimo rastro de trabajo; en cambio, había una puerta de cristal abierta que conducía a un jardincillo cuajado de flores y arbustos. Una breve información, consistente en unas pocas palabras que el joven le susurró, bastó para poner al señor al corriente de nuestras diferentes quejas. Se incorporó de inmediato y me dijo:

—Querido amigo...

Se detuvo, al parecer a la espera de que yo le dijera mi nombre, pero en el momento en que abría la boca para presentarme de nuevo, me cortó:

—Sí, sí, muy bien, muy bien, sé perfectamente quién eres. Bueno, no me cabe duda de que tu (o vuestra) petición está justificada, yo y los caballeros de la dirección seríamos los únicos en no reconocerlo. Créeme, nos preocupa más el bienestar de las personas que el bien de la fábrica. ¿Cómo iba a ser de otra manera? Si es necesario, la fábrica se puede volver a montar, es un simple tema de dinero, a quién le importa el dinero; pero si lo que perdemos es una persona, pues eso: perdemos una persona, dejando viuda e hijos. ¡Madre mía! Así que vemos con buenos ojos cualquier propuesta para incorporar nuevas medidas de seguridad, cosas que faciliten el trabajo, comodidades, refinamientos y demás. El que viene a reclamar cosas así es el tipo de empleado que nos gusta. De modo que déjanos aquí tus sugerencias y nosotros las analizaremos detenidamente; si vemos que se puede añadir alguna novedad interesante, no dudes que lo haremos, y cuando todo esté listo tendréis las lámparas nuevas. Y diles una cosa a los que se encuentran contigo allá abajo: no cejaremos hasta convertir vuestra galería en un salón de lujo y te aseguro que acabaréis muriendo con zapatos de charol. Puedes retirarte.

La verdad sobre Sancho Panza

Sancho Panza, quien por cierto nunca se jactó de serlo, logró con el paso de los años, aprovechando las tardes y las noches, alejar de sí a su demonio —al que más adelante dio el nombre de don Quijote— por el método de proporcionarle gran cantidad de libros de caballerías y novelas de bandoleros, hasta el punto de que aquél, desenfrenado, se vio llevando a término las acciones más demenciales, aunque sin causar daño a nadie, gracias precisamente a la ausencia de objetivo predeterminado, que hubiera debido ser Sancho Panza. A pesar de ser un hombre libre, Sancho Panza decidió, quizá por culpa de cierto sentido de la responsabilidad, seguir plácidamente a don Quijote en sus tropelías, y disfrutó de esta manera, hasta el fin de su vida, de un provechoso entretenimiento.

Sobre la muerte aparente

Quien ha conocido una muerte aparente puede contar cosas tremendas, pero lo que no puede contar es lo que sucede después de la muerte; de hecho, ni siquiera ha estado más cercano de la muerte que cualquier otro, sólo ha «experimentado» algo único, que le hace considerar más valioso lo que no es único, es decir, la vida cotidiana. Algo semejante le ocurre a todo aquel que ha vivido una experiencia única. Por ejemplo, Moisés tuvo en el Sinaí una experiencia «única», pero en vez de entregarse a esa especificidad, como sería el caso de un muerto aparente que guarda silencio y permanece dentro del ataúd, huyó ladera abajo, sintiendo una fuerte necesidad de contar su valiosa experiencia, amando aún mucho más que antes a los hombres entre los que fue a refugiarse y a los que luego consagró su vida, podría decirse que como reconocimiento. De ambos, del muerto aparente que regresa y de Moisés, que también regresó, se puede aprender mucho, pero no se trata de lo verdaderamente importante, pues ellos mismos no llegaron a experimentarlo. Y si lo hubieran experimentado, no habrían regresado. Pero nosotros tampoco queremos experimentar algo así. Podemos comprobarlo viendo que por ejemplo podemos sentir en ocasiones deseos de vivir la experiencia del muerto aparente o la experiencia de Moisés siempre que se nos garantice el regreso, que tengamos un «salvoconducto», e incluso podemos llegar a desear la muerte, pero jamás querríamos ni siquiera imaginarnos vivos dentro del ataúd sin ninguna posibilidad de regreso, ni quedarnos en el monte Sinaí...

(Esto, desde luego, nada tiene que nada que ver con la angustia ante la muerte...)

Sobre la cuestión de la legislación

Nuestras leyes, por desgracia, no son conocidas por todos, más bien conforman un secreto entre el pequeño grupo aristocrático que nos gobierna. Estamos convencidos de que las viejas leyes se cumplen a rajatabla, pero aun así resulta sumamente desasosegante sentirse gobernado por leyes que uno no conoce. No pienso en esta ocasión en las múltiples posibilidades de interpretación ni en los inconvenientes que plantea el que sólo algunos individuos, y no toda la población, puedan participar de su interpretación. Puede que estos inconvenientes ni siquiera sean tan decisivos. Las leyes son por supuesto muy antiguas, por muchos siglos se ha trabajado en su interpretación, esta misma se ha convertido ya en ley y, si bien permanecen ciertas libertades a la hora de interpretarlas, no son más que muy limitadas. Además, es evidente que, a la hora de interpretar, la nobleza ni siquiera tiene que dejarse influir por su interés personal en perjuicio del nuestro, pues las leyes fueron fijadas desde un principio para la aristocracia; ésta se sitúa al margen de la ley y justo por eso la ley parece haber quedado en exclusiva en sus manos. Como es natural, en ello reside la sabiduría —¿quién pondría en duda la sabiduría de las leyes antiguas?—, pero también el tormento para nosotros; es algo tal vez inevitable. Por lo demás, esas supuestas leyes sólo pueden ser eso: supuestas. Dice la tradición que existen y que fueron entregadas a la nobleza como un secreto, pero no es ni puede verse de otra forma que no sea una antigua tradición, a la que se acepta precisamente por su antigüedad, pues la esencia de estas leyes exige asimismo mantener en secreto su existencia. Así vemos que aunque nosotros, los del pueblo, sigamos con atención las acciones de la nobleza desde tiempos oscuros, aunque poseamos notas de nuestros antepasados sobre esas acciones y las hayamos ido ampliando de forma concienzuda, aunque creamos reconocer en los incontables hechos ciertas tendencias que permiten deducir esta o aquella normativa jurídica, y aunque tratemos de organizarnos para el presente y el futuro basándonos en estas conclusiones recogidas y ordenadas con máximo esmero, nos encontramos con que todo ello sigue siendo inseguro en extremo y no deja de ser un simple entretenimiento del intelecto, ya que las leyes que nosotros tratamos de dilucidar quizá ni siquiera existen. Un pequeño partido sostiene, es cierto, esa opinión e intenta demostrar que, de haber una ley ésta sólo puede consistir en lo que sigue: es ley todo cuanto lleva a cabo la nobleza. Dicho partido sólo ve actos arbitrarios en los actos de la nobleza y rechaza la tradición popular que a su modo de ver trae un provecho escaso y arbitrario y suele provocar, en cambio, un grave perjuicio, ya que lleva al pueblo a una seguridad falsa, engañosa y superficial con relación a los acontecimientos futuros. El perjuicio es innegable, pero la enorme mayoría de nuestro pueblo ve su causa en el hecho de que la tradición no es motivo suficiente, es decir, que es preciso investigarla con mayor profundidad, ya que el material reunido, por ingente que se nos antoje, aún resulta exiguo y deben pasar varios siglos antes de que sea considerado suficiente. La negatividad de esa visión para el presente sólo se ve aclarada por la fe en que llegue alguna vez el día en que la tradición y su estudio pongan punto final a la situación, respirando aliviadas, por así decirlo, el día en que todo se clarifique, la ley sea patrimonio del pueblo y la nobleza desaparezca. Esto no se dirige con odio contra la nobleza, nadie lo expresa así, nadie. Antes bien, nos odiamos a nosotros mismos por no sentirnos dignos todavía de una ley. De hecho, por eso sigue siendo insignificante ese partido tan atractivo en ciertos aspectos, al no creer en una auténtica ley reconoce plenamente a la nobleza y su derecho a existir. Esta circunstancia sólo puede expresarse mediante una suerte de paradoja: un partido que, además de creer en las leyes, rechazara a la nobleza, contaría enseguida con el apoyo de todo el pueblo, pero tal partido no puede surgir puesto que nadie se atreve a negar a la nobleza. Vivimos sobre ese filo de la navaja. Un escritor lo resumió una vez de la siguiente manera: la única ley visible e indiscutible a que estamos sometidos es la nobleza: ¿acaso deberíamos privarnos de esa única ley?

El timonel

—¿Acaso no soy yo el timonel? —exclamé.

—¿Tú? —exclamó un hombre alto de tez cetrina, y se pasó la mano por los ojos como si alejase un sueño.

Yo había permanecido toda la oscura noche al timón, con la tenue luz del farol encima de la cabeza, y ahora acababa de llegar este hombre y se proponía apartarme. Y como yo no cedía, me colocó el pie sobre el pecho y fue empujándome poco a poco hasta el suelo, mientras yo permanecía aferrado al cubo del timón, arrastrándolo conmigo al caer. Entonces el hombre lo tomó, lo arregló y me alejó de un empujón. Pero no tardé en reaccionar, corrí hasta la escotilla que comunicaba con el camarote de la tripulación y grité:

—¡Tripulación! ¡Camaradas! ¡Acercaos de prisa! ¡Un extraño me ha arrebatado el timón!

Acudieron despacio, subiendo la escalera del barco, figuras poderosas, cansadas, vacilantes.

—¿Acaso no soy yo el timonel? —pregunté.

Asintieron con la cabeza, pero sólo tenían ojos para el extraño, formaron un semicírculo a su alrededor, y cuando éste dijo con tono de mando: «No me molestéis», se reunieron, asintieron mirando hacia mí y descendieron de nuevo por la escalera. ¡Vaya gente ésta! ¿Piensan en algo, o sólo se arrastran sin sentido sobre la faz de la tierra?

Fabulilla

—Ah —dijo el ratón—, el mundo es cada día más pequeño. Primero era tan vasto que me daba miedo, entonces seguí corriendo, y era feliz porque al final, en la distancia vi muros a derecha e izquierda; sin embargo, estos largos muros se acercaban tan velozmente unos a otros que en seguida me encuentro en la última sala, y allá en el rincón me espera la trampa en la que voy a caer.

—Tienes que cambiar el sentido de tu carrera —dijo el gato, y lo devoró.

La peonza

Un filósofo solía rondar por los lugares donde los niños jugaban. Y en cuanto veía a un muchacho con su peonza, de inmediato afilaba su atención. Apenas la peonza empezaba a girar, el filósofo la perseguía con la intención de atraparla. El que los niños formaran barullo y trataran de mantenerlo alejado del juguete no le importaba, pues si lo conseguía apresar mientras aún daba vueltas, se sentía feliz, aunque sólo fuera un instante, pues luego lo arrojaba al suelo y se marchaba. Creía él que el conocimiento de cualquier menudencia, es decir, incluso de una peonza que giraba sobre sí misma, por decir algo, bastaba para acceder a lo general. Por eso no se preocupaba de los grandes problemas, le parecía poco práctico; si se conocía en verdad la menudencia más ínfima, entonces se conocía el todo, de ahí que se interesara única y exclusivamente por la peonza que daba vueltas sobre sí misma. Y cada vez que se hacían los preparativos para hacerla girar, él confiaba en conseguir su propósito, y cuando la peonza ya giraba, la esperanza se convertía en certeza, al tiempo que corría jadeando en su busca, pero luego, al tener la estúpida pieza de madera en la mano, sentía malestar, y la algarabía de los niños, que no había oído hasta entonces, ahora, de pronto, se le clavaba en los oídos, lo ahuyentaba y se alejaba tambaleándose como una peonza impulsada por su torpe cuerda.

La partida

Ordené traer mi caballo del establo. El criado no me entendió. Fui yo mismo al establo, ensillé el caballo y lo monté. Oí una trompeta en la lejanía, le pregunté por su significado. No sabía nada ni había oído nada al respecto. Me detuvo en el portón y me preguntó:

—¿Adónde quiere cabalgar, señor?

—No lo sé —dije—, lejos de aquí, lejos de aquí. Cada vez más lejos de aquí, sólo así podré llegar a mi meta.

—¿Entonces conoce su meta? —preguntó.

—Sí —respondí—, acabo de decirlo, «Lejos-de-aquí», ésa es mi meta.

—No lleva provisiones —dijo.

—No las necesito —contesté—, el viaje es tan largo que me moriré de hambre si en el camino no me dan nada. Ninguna provisión me puede salvar. Es, por fortuna, un viaje en verdad inaudito.

Abogados

Era improbable que yo tuviera abogados, no pude saber nada seguro al respecto; los rostros eran todos inaccesibles, la mayoría de las personas que venían hacia mí y con las que me cruzaba una y otra vez por los pasillos parecían mujeres viejas y gordas, llevaban grandes delantales a rayas de color blanco y azul oscuro que les cubrían todo el cuerpo, se acariciaban el vientre y se inclinaban pesadamente hacia un lado y hacia otro. Ni siquiera pude averiguar si nos hallábamos en el edificio de los tribunales. Algunos elementos lo confirmaban, otros muchos lo desmentían. Fuera de los detalles, lo que más me recordaba unos tribunales era un zumbido que se oía a lo lejos sin cesar, sin poder precisarse el origen, llenando de tal modo todas las salas que hasta podía suponerse que provenía de todas partes o, lo cual parecía más exacto, que el lugar donde uno se encontraba casualmente fuese el verdadero lugar del zumbido, pero se trataba sin duda de un error, puesto que llegaba de lejos. Los pasillos estrechos, de bóveda sencilla, trazados con suaves esquinas, con puertas altas y apenas ornamentadas, parecían inducir al más reflexivo silencio; eran los habituales de un museo o de una biblioteca. Pero si no era un tribunal, ¿por qué buscaba yo allí a un abogado? Porque el caso es que buscaba un abogado por todas partes, es algo que se precisa en cualquier lugar, de hecho en los tribunales se necesita menos que en otras situaciones, pues el tribunal pronuncia su sentencia según la legislación, si se imaginara que procede de forma injusta o irreflexiva, la vida sería imposible, es preciso confiar en que el tribunal dé cobijo a la majestad de la ley, pues en ello reside su única tarea; y en la ley todo consiste en acusación, defensa y sentencia, la intromisión extraña de una persona en tal circunstancia sería un ultraje. Otra cosa ocurre, en cambio, en el caso de una sentencia, pues ésta se basa en averiguaciones, en averiguaciones realizadas aquí y allá, entre parientes y extraños, entre amigos y enemigos, en la familia y entre la gente, en la ciudad y en el pueblo, en una palabra, por doquier. En este caso resulta urgente e imprescindible contar con abogados, con abundantes abogados, preferentemente con abogados que se sitúen uno junto al otro, que formen una muralla viviente, pues los abogados son hombres de movimientos estúpidos por naturaleza, mientras que los acusadores, astutos zorros, ágiles comadrejas, invisibles ratoncillos, se cuelan por los huecos más pequeños y se escurren entre las piernas de los abogados. Es decir, ¡cuidado! Por eso estoy aquí, coleccionando abogados, claro. Pero aún no he encontrado a ninguno, únicamente a estas viejas que van y vienen, van y vienen, y si no me empeñara en buscar, me dormiría. No estoy en el lugar adecuado, por desgracia no puedo evitar la impresión de no hallarme en el sitio adecuado. Debería estar en un lugar donde se reuniesen personas de toda índole, de diferentes regiones, de todas las clases sociales, de todas las profesiones, de diferentes edades, debería tener la posibilidad de elegir con cuidado entre la multitud a aquellos que sean adecuados, a los amables, a quienes me dediquen una mirada. Lo más acertado puede que fuera una gran feria. En cambio, deambulo por pasillos en los que sólo se ven testas ancianas, que tampoco son muchas, siempre las mismas, e incluso estas pocas no se dejan atrapar, se me escapan a pesar de su torpeza, flotan como nubes de lluvia, sumidas en ocupaciones desconocidas. ¿Por qué me dispongo a entrar ciegamente en un edificio, por qué no leo la inscripción sobre el pórtico, por qué me presento enseguida en los pasillos y me quedo allí plantado, con tal obstinación que ni siquiera recuerdo haber estado frente al edificio sin haber subido las escaleras? Y sin embargo, no puedo volver, la pérdida de tiempo, la confesión de un error me resultarían insoportables. ¿Cómo? ¿Bajar corriendo las escaleras en esta vida breve, apresurada, acompañada de un impaciente zumbido? Imposible. El tiempo que se te ha concedido es tan breve que en cuanto hayas perdido un segundo, habrás perdido toda tu vida, pues ésta no consiste en más que eso: es siempre tan larga como el tiempo perdido. Una vez que has emprendido camino, prosíguelo cueste lo que cueste, sólo puedes salir ganando, no corres ningún peligro, tal vez al final te precipites al vacío, pero si hubieras vuelto después de los primeros pasos, si hubieras bajado corriendo las escaleras, te habrías despeñado al inicio mismo, no posiblemente, sino con toda seguridad. Así pues, si no encuentras nada en estos pasillos, abre las puertas, y si no encuentras nada tras las puertas, habrá más plantas, y si no encuentras nada arriba, no importa, dirígete hacia lo alto por escaleras nuevas, pues mientras no dejes de subir escalones éstos no se acabarán, bajo tus pies en ascenso crecerán hacia arriba.

El matrimonio

La situación del comercio en general es tan mala, que a veces, en las horas libres que me permite la oficina, echo mano del maletín de muestras y visito en persona a los clientes más destacados. Entre otros, hacía ya tiempo que había pensado en visitar alguna vez a K, con quien antes mantuve una permanente relación mercantil que durante el año pasado, y por motivos inexplicables para mí, se vio reducida casi a nada. De hecho, estas situaciones no siempre obedecen a motivos claros; en las circunstancias de inseguridad actuales, muchas veces todo depende de una pequeñez, de una impresión pasajera, y del mismo modo, puede bastar una pequeñez o una sola palabra para que todo vuelva a la normalidad. Llegar a tratar en persona con K no resulta fácil, sin embargo, es un hombre de cierta edad que últimamente anda mal de salud, y aunque todavía sujeta en su mano las riendas del negocio, apenas se deja ver ya por allí; para hablar con K hay que ir hasta su casa y, por lógica, uno tiene la tendencia a ir dejando para más tarde el tipo de gestiones que estos casos conllevan. Pero ayer, pasadas las seis de la tarde, me puse en camino; es cierto que ya no eran horas de visita, pero el asunto no debía contemplarse desde el punto de vista social, sino más bien mercantil. Tuve suerte, K se encontraba en casa, como me dijeron en el recibidor; acababa de regresar de un paseo con su mujer y ahora se hallaba en la habitación de su hijo, que no andaba bien y guardaba cama. Me exhortaron a dirigirme hacia allí, pero al principio vacilé y luego ganó el deseo de liquidar lo antes posible el molesto tema y me hice llevar, tal como estaba, con el abrigo y el sombrero y el maletín de muestras en la mano, a través de una habitación oscura hasta otra de luz tamizada, en la que se encontraban unas cuantas personas. Seguramente de modo instintivo, mi mirada se dirigió en primer lugar a un viejo conocido, un representante que me hace la competencia con algunos artículos. Así que aquel individuo había conseguido sacarme ventaja. Estaba cómodamente instalado junto a la cama del enfermo, como si fuera el médico, allí estaba, con aire omnipotente, con su magnífico abrigo abierto, bien pertrechado; su cara dura no tiene igual, y algo parecido debía de pensar también el enfermo, que descansaba en la cama con las mejillas un tanto enrojecidas por la fiebre, mientras le lanzaba miradas furtivas. El hijo del señor K, dicho sea de paso, ya no es lo que se dice un joven, es un hombre de mi edad, con barba corta, algo descuidada a causa de la dolencia. Su padre, un hombre alto y fuerte, pero para mi sorpresa gravemente desmejorado como consecuencia del impertinente mal que lo aqueja, encorvado y menos seguro de sí mismo que en otras ocasiones, se hallaba todavía tal como había llegado, de pie y con el abrigo puesto, murmurando algo en dirección al hijo. Su mujer, menuda y delicada, pero extremadamente dinámica cuando se trataba de algo cercano a su marido —a los demás apenas nos veía—, estaba ocupada en quitarle el abrigo, lo que conllevaba algunas dificultades por la notable diferencia de estatura, si bien terminó lográndolo. Tal vez la verdadera dificultad radicara en que K se mostraba muy impaciente e inquieto, y no dejaba de buscar, tanteando con las manos, el sillón que, en cuanto consiguió quitarle el abrigo, la mujer le acercó con premura. Ella cargó con el abrigo de piel, bajo el cual casi desapareció, y salió con él de la habitación.

Entonces decidí que había llegado por fin mi momento, o puede que no hubiera llegado, aunque seguramente en aquellas circunstancias no llegaría nunca, de modo que si por lo menos deseaba intentarlo, debía hacerlo de inmediato, pues mi intuición me indicaba que la situación iba a tornarse cada vez menos propicia para una conversación de negocios, y quedarme plantado allí por toda la eternidad, como en apariencia pretendía el representante, no es mi estilo. Además, pensaba comportarme como si aquel sujeto no se encontrara allí. Así, a pesar de que noté que en aquel momento K tenía ganas de intercambiar impresiones con su hijo, empecé a exponer sin más el asunto que me había llevado hasta allí. Por desgracia, en cuanto me enardezco mínimamente hablando —cosa que me ocurre enseguida y que en aquella habitación de enfermo se dio aún más pronto de lo habitual—, tengo por costumbre levantarme y ponerme a andar de aquí para allá mientras hablo. Este hábito, que cuando se practica en la propia oficina es perfectamente aceptable, resulta un poco molesto en una casa ajena. Pero no podía dominarme, sobre todo porque echaba en falta el acostumbrado cigarrillo. En fin, cada uno tiene sus malas costumbres, si bien las mías me parecen casi intrascendentes comparadas con las del representante. Qué opinar, por ejemplo, cuando nos percatamos de que tiene el sombrero en el regazo y lo mueve despacio de un lado para otro, y de vez en cuando, de forma inesperada, se lo pone; es cierto que se lo quita de inmediato, como si lo hubiera hecho por descuido, pero el caso es que lo ha llevado durante unos instantes en la cabeza, y va repitiendo esta maniobra con regularidad. Semejante comportamiento sólo puede calificarse de intolerable. A mí no me molesta, yo ando de aquí para allá, estoy concentrado por completo en lo mío y no le presto la menor atención, pero puede haber gente a la que ese gesto del sombrero saque por completo de quicio.

Eso sí, cuando me siento pletórico no sólo paso por alto esta clase de inconveniencias, sino que hasta me olvido de los que me rodean; veo lo que está pasando, pero en cierto modo no lo percibo hasta que he acabado o hasta que alguien me hace una objeción.

Así, me daba perfecta cuenta, por ejemplo, de que K no estaba para muchas explicaciones; agarraba los brazos del sillón, se revolvía incómodo todo el rato, ni siquiera me miraba, se limitaba a buscar de forma absurda algo por la habitación, y su expresión parecía tan distante como si no le llegara ni una sola nota de mi voz, ni siquiera la sensación de mi presencia. No se me escapó que aquel comportamiento claramente enfermizo no podía ser muy beneficioso para mis intereses, pero aun así continué hablando, como si conservara todavía la fe en restablecer la vieja normalidad por medio de mis palabras, de mis interesantes ofrecimientos; yo mismo me asombré de las concesiones que estaba realizando, y que por supuesto, nadie me solicitaba. Me produjo cierta satisfacción comprobar, con una mirada fugaz, que el representante dejaba por fin en paz el sombrero y cruzaba los brazos sobre el pecho; mis explicaciones, que en buena parte estaban también pensadas para él, parecían echar por tierra en gran medida sus planes. O sea que todavía existen remedios contra los malos hábitos. Aquel éxito me reconfortó un poco y, seguramente, bajo el efecto de aquel bienestar, habría seguido hablando más rato, de no ser porque el hijo —a quien, teniéndolo por un personaje secundario, no había hecho el menor caso— se incorporó de repente en la cama y me instó a callarme amenazándome con el puño.

Era evidente que quería decir algo más, mostrar algo, pero no llegó a conseguirlo. Primero atribuí su comportamiento a los delirios de la fiebre, pero cuando dirigí la mirada hacia K entendí mejor lo que estaba ocurriendo. K estaba sentado con los ojos abiertos y vidriosos, que ya sólo iban a serle útiles por unos segundos, tembloroso, vuelto hacia delante como si alguien le apretase o le golpease la nuca, el labio inferior, o mejor aún, la mandíbula inferior completa, con las anchas encías al descubierto, colgaba irremisiblemente hacia abajo, tenía toda la cara desencajada, todavía respiraba, aunque con dificultad, pero enseguida cayó contra el respaldo, cerró los ojos, la expresión de algún tipo de supremo esfuerzo le cruzó de manera fugaz la cara, y cesó evidentemente de respirar. Junté las manos. Todo había terminado, entonces. Un hombre ya mayor.

Ojalá tengamos todos una muerte tan dulce. Pero de momento todavía estábamos vivos. ¡Cuántas cosas había que hacer ahora! ¿Y cuáles eran las primordiales? Miré a mi alrededor en busca de ayuda, pero el hijo se había cubierto la cabeza con la manta, se oían sus irreprimibles sollozos. El representante, frío como una serpiente, seguía sentado en su sillón, a dos pasos de K, visiblemente decidido a no hacer otra cosa que no fuera dejar pasar el tiempo. Así que solo estaba yo para hacer algo, y lo más difícil era lo más prioritario, es decir, anunciar el acontecimiento a su mujercita, y hacerlo de una manera soportable, es decir, de la única manera que no es factible. Corrí hacia el viejo y sujeté sus manos, que pendían frías, sin vida, y me provocaron un escalofrío; no tenía pulso. Y en eso oí ya los pasos nerviosos y trotones que procedían de la habitación contigua. La mujer traía un camisón calentado sobre la estufa con la intención de vestir con él a su marido. Todavía iba arreglada de calle, no había tenido tiempo de cambiarse. «Se ha dormido», dijo sonriendo y agitando la cabeza al encontramos tan callados. Y con la infinita fe del ignorante, cogió la misma mano que yo acababa de tocar con repugnancia, la besó como en un coqueteo conyugal y entonces —debimos de poner ojos como platos— K se movió, bostezó irreprimiblemente, se dejó poner el camisón, soportó con una expresión entre molesta e irónica los tiernos reproches de su mujer por el esfuerzo excesivo que había llevado a cabo durante el paseo, y él, por su parte, para justificar su sopor, de alguna forma dijo, curiosamente, no sé bien qué sobre su aburrimiento. Para no enfriarse de camino a la otra habitación, se metió de momento en la cama junto a su hijo; le acomodaron la cabeza a los pies del hijo sobre un par de almohadones que la mujer fue a buscar con rapidez. Después de lo sucedido, ya nada podía extrañarme más. Ahora K pidió el diario de la tarde y lo abrió sin el menor miramiento hacia los huéspedes, pero sin leerlo, sólo lo ojeaba mientras, con asombrosa perspicacia mercantil, iba desgranando comentarios poco halagadores acerca de nuestros ofrecimientos, y entretanto hacía sin cesar gestos de rechazo con una mano y chasqueaba la lengua para dar a entender el desdén que le producía nuestro comportamiento comercial.

El representante no pudo evitar hacer unas cuantas observaciones fuera de tono; incluso en la parquedad de su cerebro debía percatarse de que, ante lo ocurrido, era imprescindible restablecer de algún modo la normalidad, pero de aquella manera no podía tener el menor éxito. Yo me despedí con celeridad, casi dándole las gracias al representante, ya que si él no hubiera estado allí no habría tenido yo la fuerza de ánimo para marcharme.

En el recibidor me encontré a la mujer, y mientras contemplaba su figura alicaída le comuniqué en voz alta mis pensamientos:

—Me recuerda usted algo a mi madre. Sea como sea, la verdad es que hacía milagros. Cuando rompíamos algo, ella siempre resolvía cómo arreglarlo. La perdí cuando era niño.

Yo hablaba con exagerada claridad y lentitud, pues guardaba la sospecha de que la anciana era medio sorda.

Debía de serlo, porque me preguntó sin más intercambio:

—¿Cómo encuentra usted a mi marido?

De todos modos, pude concluir por las escasas fórmulas de la despedida que la señora me confundía con el representante; prefiero pensar que, de no ser así, se habría mostrado algo más afectuosa.

A continuación descendí las escaleras. La bajada me resultó más difícil de lo que había sido la subida, aunque tampoco ésta había sido fácil. Ay, qué pronto se vienen abajo los negocios, pero hay que seguir adelante, llevando la carga sobre los hombros.

¡Vamos!

Era la primera hora de la mañana, las calles estaban limpias y vacías, iba hacia la estación. Al comparar el reloj de una torre con mi reloj de pulsera, me percaté de que era mucho más tarde de lo que creía y que tenía que darme prisa; el susto por tal descubrimiento me hizo vacilar en mi camino, todavía no me orientaba bien en aquella ciudad, por suerte encontré un policía cerca, me dirigí hacia él y, sin aliento, le pregunté por la dirección. Sonrió y dijo:

—¿Esperas que yo te muestre el camino?

—Sí —dije yo—, es que yo solo no soy capaz de encontrarlo.

—Vamos, vamos —dijo, y se dio la vuelta trazando un gran arco, como alguien que desea reírse a solas.

De los símiles

Eran numerosos los que se quejaban de que los sabios se expresaran siempre mediante símiles, inservibles para la vida cotidiana, que es en definitiva la única que poseemos. Cuando el sabio dice: «Ve del otro lado», no quiere decir que tenga uno que cambiar de acera, lo cual, al fin y al cabo, se podría conseguir si el resultado valiera la pena, sino que se refiere a no se sabe qué legendario otro lado, algo que no conocemos, que él mismo no puede precisar y que, por lo tanto, no puede sernos de mucha utilidad. Todos esos símiles sólo quieren decir, en realidad, que lo incomprensible es incomprensible, y eso ya lo sabíamos. Pero los asuntos a los que nos enfrentamos día a día son una cosa muy diferente.

A esto replicó uno:

—¿Por qué os resistís? Si hicierais caso de los símiles, os convertiríais en símiles vosotros mismos, y con ello os liberaríais de las fatigas cotidianas.

Otro dijo:

—Apuesto a que eso también es un símil.

Dijo el primero:

—Has acertado.

Dijo el segundo:

—Pero por desgracia sólo en el símil.

Dijo el primero:

—En realidad, no; en el símil has perdido.

Vuelta a casa

He vuelto, he atravesado la campiña y miro hacia atrás. Es la vieja granja de mi padre. El charco en el medio. Viejos aperos inservibles, entremezclados, cierran el paso a la escalera de la buhardilla. El gato vigila sobre la barandilla. Un paño rasgado, atado en su momento a un palo para jugar, se alza al viento. He llegado. ¿Quién me recibirá? ¿Quién me espera tras la puerta de la cocina? Sale humo de la chimenea, el café de la cena ya se está preparando. ¿Te encuentras cómodo, te sientes en casa? No lo sé, me siento inseguro. Es la casa de mi padre, pero todo encaja de manera algo fría, como si cada cual estuviera ocupado en sus propios asuntos, que en parte he olvidado y en parte nunca conocí. En qué puedo serles útil, qué represento para ellos, por más que sea el hijo de mi padre, del viejo agricultor. Y no me atrevo a llamar a la puerta de la cocina, me limito a escuchar a distancia, me limito a quedarme parado escuchando a distancia, no sea que alguien descubra que estoy escuchando. Y como escucho en la distancia, no oigo nada, sólo percibo el leve sonido del reloj, o quizá sólo me llega procedente de los días de infancia.

Todo el resto de lo que ocurre en la cocina es secreto de los que están sentados dentro, y lo protegen de mí. Cuanto más tiempo se pasa uno vacilando delante de la puerta, más ajeno se vuelve.

¿Qué pasaría si ahora alguien abriera la puerta y me preguntase algo? ¿No sería yo entonces también como cualquiera que quisiera proteger su secreto?

Índice